中阿典籍互译出版工程

مشروع تبادل الترجمة والنشر بين الصين والدول العربية

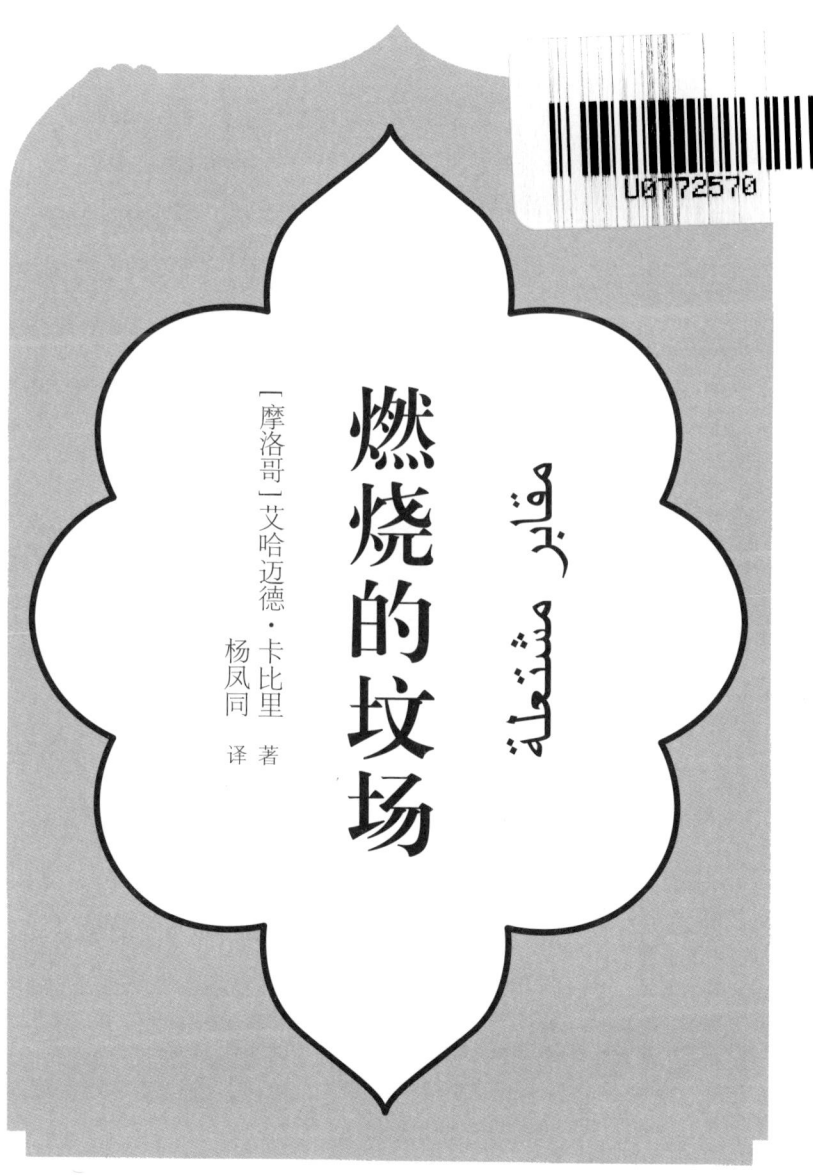

مقابر مشتعلة

燃烧的坟场

[摩洛哥]艾哈迈德·卡比里 著

杨凤同 译

五洲传播出版社

图书在版编目 (CIP) 数据

燃烧的坟场 / (摩洛哥) 艾哈迈德·卡比里著；杨凤同译. -- 北京：五洲传播出版社, 2024.1
ISBN 978-7-5085-5098-5

Ⅰ.①燃… Ⅱ.①艾… ②杨… Ⅲ.①长篇小说－摩洛哥－现代 Ⅳ.①I416.45

中国国家版本馆CIP数据核字(2023)第168270号

出 版 人：关　宏
责任编辑：杨　雪
装帧设计：高　伟
内文设计：田亚慧

燃烧的坟场

作　　者：艾哈迈德·卡比里（摩洛哥）
译　　者：杨凤同
出版发行：五洲传播出版社
地　　址：北京市海淀区北三环中路31号生产力大楼B座6层
邮　　编：100088
发行电话：010-82005927，010-82007837
网　　址：http://www.cicc.org.cn，http://www.thatsbooks.com
印　　刷：北京市房山腾龙印刷厂
版　　次：2024年1月第1版第1次印刷
开　　本：710 mm×1000 mm　1/16
印　　张：8
字　　数：110千字
定　　价：48.00元

引　言

那些平日里眉头紧皱、一脸严肃的人，他们坚信支持敢死队行动、解放被占土地、建设重工业和发展学校教育计划的最好方式，就是从摇篮到坟墓一直紧蹙眉头，除非在重大场合，才会露出严肃的牙齿，面带微笑。

这些人，我不写他们，我也不读。

我为另外一些人写作，他们比落地前的雨水还要纯洁。

他们不知道《世界报》的出版地是巴黎还是阿布扎比。

他们从出生到死去，从没离开过村庄，从没抛弃过朋友，从没变换过所吸烟草种类，从没改变过躺在打谷场草地或监狱石砖上的姿势。

他们一边骑自行车，一边吃早餐。

他们中有愚笨的女仆，当广播剧中的公主被俘时，她的眼泪浸湿了枕头，彻夜无眠，直到下一集公主回到城堡或侍女身边，她才得到安慰，提起水桶和拖把继续干活。

他们中有因为下雨和电闪雷鸣而欣喜若狂的农民，只有卷烟头才能照亮他黑夜里的脸庞。

他们出生又死去，毕生坐在正义宫的地上或是住宅楼的大厅，或者公共车库里，除了自己在地上的影子，他们没遇见过任何人。

我为雨、为爱、为自由写作……我为春天、为秋天写作。

我写故我在。

穆罕默德·阿乌德：《我将背叛我的祖国》

目录

第一章

　　1986 年的一天，也是在这个季节、这个地点，我认识了伊莎贝尔。我当时坐在这个叫作"美丽风景"的咖啡馆里……在这样的咖啡馆里复习大学功课，让我心情愉悦，家里可没有这样的环境。这里有宽敞的露天庭院，可以眺望遥远的天际，在这里也不会有人打扰你。当我略感疲惫时，就抬起头，想象那寥廓的天空，梦中的天空不会被绵延的山峰和漂浮的白云所遮挡。不一会儿，我就恢复了生机活力，继续复习功课，心无旁骛。

　　在这样的高处思考存在、虚无与本我，近似于在洞穴或山洞里冥想，这里的安宁和敬畏，对于每个在灵魂的阴暗地带和光明宇宙的黑暗角落中潜心修炼的人来说，都是必要的。认真学习，就是一种美好的苏菲式修炼①。某一瞬间，我抬眼看着自

---

① 苏菲主义，是伊斯兰教中的神秘主义。与其说是一套教理，不如说是一种宗教领域中的思想和感觉的方式。从心理学上来说，苏菲主义的根源，就在于对上帝和宗教的真理，每个人都希望能够获得亲身的、直接的亲近和更亲切的经验。——菲利浦·希提：《阿拉伯通史》（第十版），新世界出版社，2008 年 7 月第 1 版，第 433 页。

1

己身旁，突然被伊莎贝尔的目光击中了。她正和她的朋友克里斯汀坐在一起。我感到微弱的电流流遍全身，身体战抖，于是我立刻收转目光，而我的目光随即如同破碎的水晶一般，四处飞散。

我定睛看面前的书本，想要表现得淡定一些，然而我狼狈的动作，却暴露出了伪装的淡定。我眼前的字句似乎蒙了一层雾，我什么都看不进去，也无法理解其中含义。书中的一页纸，我重复看了好几遍，试图集中精力读懂其中的内容，然而伊莎贝尔的目光好像遮住了一切文字，它像一把利箭，直射我心。为了能时不时地瞟她一眼，我煞费苦心地制造机会，愚蠢可笑又矫揉造作。有时我把笔掉在地上，于是我弯腰捡笔；有时我喝一口茶，或者喝一杯牛奶；有时我把身体靠在椅背上，像赖床后刚刚起来一样，伸展背部和双肩的肌肉；有时我把笔叼在嘴里发呆，像失去理智的哲学家那样，把带有窟窿的窗户竖在面前，思考掌握游泳技能的哲理……诸如此类的可怜的小动作，通常只是为了引起别人对我的注意。

我感到紧张而狼狈，沉默地低着头，放任目光在字里行间中漫无目的地游走，这时，我听到一个温柔甜美的女声用清晰的法语在和我说话。

伊莎贝尔的朋友正站在我的面前：

"先生打扰了，请问可以借我一下笔和纸吗？我忘记带书包了。"

我没有说话，只是迫不及待地递给她一支笔和从练习簿上撕下的几页纸。我多想对她说："真是幸运的一天，你想要什么，尽管从我这里拿吧……"

她回到了座位上，我们只是相互说了几句问好、请求和道谢的话，再没多说什么。但在这之后，我便开始抬头看着她俩，以便引起她俩的注意……伊莎贝尔坐在我对面，从我的角度，只能看见她朋友垂在背上的金色秀发，就像夕阳照耀下的小瀑布。每次我和伊莎贝尔的目光相遇，我们都会相视一笑……我感觉她也在注意我。她对我的微笑看起来真诚友好。难道她也被电流击中了吗？眼神交流这件事，比爱情本身更奇妙。有时，你在茫茫人海中，毫无征兆地在某个地方遇见某个女人。你们之间有了第一次眼神交汇，虽短暂，但你会感觉有微妙的事情发生，却不知道如何描述。转瞬间，你们俩都消失在拥挤的人群中，之后却期冀能再有几次相遇，再有几次眼神交汇……然而大多数时候，这种美好而珍贵的事情，不会再发生了。只有那种怒目斜视、愤恨在心的眼神，才会一次又一次地用它的冷酷和狰狞，看着我们。

　　在我看来，伊莎贝尔和她朋友像是在计划做一件事。我是通过她们谈话的严肃劲儿和比画的手势推断来的，她们彼此在试图说服对方……或许是为了把想法讨论得更具体或是对决定要实施的计划达成一致。我不时地偷瞄对方，相视一笑，然后再各忙各的。

　　伊莎贝尔继续和她的朋友畅谈，我则埋头于书本，仿佛书本在对我诉说爱恋的悄悄话。伊莎贝尔和她朋友说话时，有很多小动作。她不停摇头晃脑，用指尖滑过她的短发，把手托在脸颊上，微笑着，认真听克里斯汀说话……伊莎贝尔有些与众不同，像其他欧洲人一样，说话时会做各种动作，这显示了她的无拘无束和过度自信。

第二章

通常，"美丽风景"咖啡馆的常客是一些传统匠人，比如木匠、裁缝、铁匠、缝衣匠和一些失业青年，这些失业青年在这里吸大麻烟、打牌和喝绿薄荷茶，以此来打发时间。这个咖啡馆本身有些陈旧，露天的庭院里，几把塑料椅和破旧的长桌在葡萄树下遮荫避阳。它的名字叫"美丽风景"，或许是因为从这里可以俯瞰到一座遗址，遗址四周被辽阔的田地环绕，种满了橄榄、无花果和罗勒树。从阳台上可以看到远处高耸的山峰，与天地相接。事实上，我不明白，像伊莎贝尔和她朋友这样的，这些来自遥远国度的游客，是怎么找得到我们这里隐匿在遗址中的美景的，并且能在这里享受一段美好难忘的时光。同时，我们仅满足于遗址本身，却忽略了享受环绕在我们周围的美丽风景。是因为我们不懂得美吗？还是我们从前接受过美的教育而后把它忘记了？

伊莎贝尔真是个美人，她蓝色的眼眸散发出活力和智慧的光芒，短发的颜色接近绿茶的那种黄色。她中等身高，身体如同一道美味的宴席，佳肴排列整齐，摆放着新鲜可口的水果和一塔吉锅可口的瘦肉，不会因为太油腻而消化不良。我没法继续集中精力看书了，于是我从座位上站起来，走向伊莎贝尔。我拿了一把椅子，请问她们是否允许我坐在这，得到允许后我像顽皮的孩子一样，坐在了她们俩之间。她们微笑着对我表示欢迎，略显惊讶和羞涩，然后两个人不停地对视和会心一笑。

"我叫麦哈朱卜，是一名大学生。"

我这样介绍自己，然后道歉说，"我知道我的行为很鲁莽，但是经验告诉我，当我们想做一件事的时候，不要有片刻犹豫，想做什么，就要马上去做……犹豫会使我们和其他人失去很多美好的机会。"

"很高兴认识你。我叫克里斯汀，这是伊莎贝尔。"克里斯汀礼貌地回答我，伊莎贝尔在一旁缄默不语，以隐藏自己的羞涩，她害起羞来也那么美。对于伊莎贝尔来说，或许是因为她生命中第一次遇到这种让人不安的事情，也或许仅仅是因为她像大多数人一样，在陌生人面前习惯于有所保留，直到完全熟络起来……这也很正常……然而，我敢十分肯定地说，她通过我们此前的眼神交流，可能就已经感觉到她将会成为厚颜无耻的我的追逐目标……女人对男人的特殊直觉，永远都不会错。

我们聊了很多事情，我从中了解到，她们陪伴家人来摩洛哥，是专门为了拜谒"阿姆鲁·本·迪万"圣墓的，阿姆鲁·本·迪万是备受敬仰的世界闻名的犹太圣徒，他的坟墓位于"亚新"村，距瓦赞市西北方向大约九公里。

摩洛哥的犹太人，其中不乏旅居世界各地的侨民，坚持不懈地从美国、法国，甚至是从以色列回到摩洛哥，在不同城市举行仪式和庆典，来瞻仰和纪念他们的圣徒。每年在阿姆鲁·本·迪万公墓举办的海鲁莱，就是这样的集会，犹太侨民把这里看作是真正的朝觐地，为自己和亲属、爱人、朋友、家庭以及祖国和祖先祈求神灵的保佑，也把它视作获得祝福的机会，并让子孙趁此机会了解他们的历史、根基和故土……伊莎贝尔和她的朋友"克里斯汀"原本是摩洛哥人，她们的犹太教父亲某个时候移民到了法国，然而他们对于宗教的信仰，和对祖国的思念，使他们越发怀念过去和想念家乡。难道他们也像那些摩洛哥人一样，受当时严酷的社会、政治和经济形势所迫，便背起行囊移居他乡了？

我还记得，我小时候每次遇到住在梅莱哈的摩洛哥犹太人时，都会吃惊地盯着他们的脸看。我常常怀着一种强烈的愿望，很想了解犹太人是不是和我们一样去感知、有痛苦，也有欢乐……我甚至梦想有一天能走进犹太人的家里，近距离观察他们的生活方式。他们怎样吃饭？怎样祷告？他们崇拜什么？他们有些什么节日？他们斋戒吗？他们也有合法和禁忌的事情吗？也会认为某些事可耻吗？他们怎样结婚？怎样举行婚礼？在他们的习俗里，新郎要在婚礼上鞠躬吗？他们的男孩子要割礼吗？他们喝酒吗？他们的魔鬼是独眼人吗？他们死后要埋葬在像我们一样的坟墓里吗？他们的宗教里，信仰复生、乐园和火狱吗？[①] 然而当时却没人能回答我的问题，满足我的好奇心……每当我问母亲，她都觉得这些问题很奇怪，对我说："你想当犹太人，还是想怎样？"直到有天早晨，当我和我的朋友昂提兹偶然路过阿迪尔街区时，被一个住在梅莱哈小旅馆的

---

① 火狱，伊斯兰信仰中后世罪孽灵魂遭受惩罚的处所，是那些拒不信仰安拉或作恶多端者复生后的永久性归宿。——译者

犹太女人拦住了。昂提兹来自梅莱哈，我俩当时正每人手捧一个透明塑料袋，里面装满了清早刚从柠檬树上采摘的鲜花。梅莱哈的这段时间，正是水果和其他果实丰收的时节，但是并不出售……如果卖的话，价格也很低廉。其中就有阿迪尔街区的柠檬花，它们和城市里其他鲜花一道，吐露着沁人心脾的芬芳，弥漫着整个天际。只有我们这些冒失的小男孩，或是女人们才会去摘花，她们伸出柔软的手指，心满意足地摘下几颗花种，在惬意的午后品一口茶。如果说每十个人就需要一棵树，那么我们瓦赞市的每个人，都有一片种满鲜花和芳香植物的小森林。一个人要是想过上高品质的生活，他需要有健康安全的饮食，有规律的运动和温和宜人的微风。我们瓦赞居民尽管缺乏健康的饮食，却拥有轻轻拂面的微风，生活得幸福安逸。

这个犹太女人叫阿莉娅，胖胖的，个子不高，但很漂亮。她年纪有些大，笑容可掬，整天笑哈哈的，很喜欢开玩笑。她和很多其他犹太女人一样，靠缝补衣服为生……每周四，她们都坐在手动缝纫机前，在靠近小旅馆大门的位置，以无与伦比的活力开始工作。她们为周边村庄来城市做买卖的男人和女人们缝补各种各样的衣服，有的褴褛破烂，有的里外三新。阿莉娅用她的本地犹太口音对我说："你们卖花吗？"昂提兹习惯性地跳到阿莉娅面前，热切地说："阿莉娅阿姨，这些花，我们都卖。"（在瓦赞，我们的鲜花多到快要枯萎了，才会想到拿去卖。）

阿莉娅从我们手中接过装着鲜花的塑料袋，转身走进房间，就不见了……我多希望她能邀请我们和她一起进屋，然而她并没这样做……我的多管闲事，使我的头脑无法平静……我一刻不停地想试图了解阿莉娅的秘密，走进她的世界。我用目光和感官搜寻和研究着这一切。当我们对某件事感兴趣时，就会特别留心关注。当我们爱上某件事或某个人，就不会遗忘……此时的昂提兹一定是什么都没想，只关心阿莉娅是否会拿给我们法郎。我头脑里思考的问题，就像一团燃烧的火焰，而这些问题在他的大脑里，却风平浪静……直到如今我也无法理解，为什么我总是有很多问题，对于细枝末节的事情也会有强烈兴趣？为什么我的记忆在事情发生之后仅保持数分钟的热度，一段时间以后，很多事情就会被抛到九霄云外，好像从没发生过似的？有些人，当你看到他们时，你会觉得这些人没有记忆，也没有过去。这些人只活在当下吗？

阿莉娅拿着一些法郎出来了。然而我在那年的整个春天，自从这日清晨开始，就变成了一个无处不在的职业偷花贼。摘到花以后，我只把花卖给她们或是送给阿莉娅一个人。我不知道自己为什么爱上了这个犹太女人，甚至要把我的鲜花全部拿给她。小孩子也懂爱吗？每天清晨，我早早起床，从位于鲁维达的家中出发，经过布尼·麦林街区，一直来到阿迪尔街区路口的柠檬树林。于是我从第一棵柠檬树上开始摘花，中间会路过巴夏公馆和里拉·艾米娜花园，直到太阳升起时，我已摘到了位于市政府前面的最后一棵树，然后拿着满载而归的袋子，向她家走去……

我贪得无厌地徜徉在城市的鲜花丛和公共树木的海洋里。直到有天早晨偷花时，我被聋哑军的一名援助部队士兵现场活捉，求安拉保佑，这人真是太冷酷残忍了。他用结实的皮腰带不停地打我，直到看见我尿湿了裤子，快要拉出屎来，才肯罢休。（这只是摘了花，要是因为别的，还不知道会发生什么呢。）

这些粗野的人为什么会残忍到这个地步，会把一个小孩子打到快拉出屎来？他们所有人都打人。父亲打人，母亲打人，老师打人，警察打人，中尉打人，护士也打人。如果你去医院，护士会给你打针，直到你的病痛消失，才不会再来找你。

每天早晨不能再给阿莉娅送花了，这让我感到很痛苦。阿莉娅对我可好了。像我送给阿莉娅大量鲜花那样，阿莉娅也毫无保留地给予我所有的爱。有一天，她邀请我进了她家，看到我脏兮兮的衬衫已经褪了色，于是决定当即给我缝制一件新衬衫。走进她的卧室时，我震惊了。我呆立许久，迟迟无法相信住在梅莱哈的犹太人，生活得竟然比我们这些住在贫民区的人还要艰苦得多。她的房间在梅莱哈的小旅馆里，紧挨着其他人的房间。住在这的还有其他犹太人和一些贫困的穆斯林。进入她家，需要先穿过一段阴暗潮湿的地道，石灰地面，四壁涂成深蓝色，你会闻到空气中散发着腐臭发霉的气味，需要用四季的鲜花才能将它从你鼻前赶走……我不相信哪个住在这里的人，嗅觉会是完好无恙的。或许阿莉娅此前买花，春天时把它蒸馏出来，就是为了抵挡这个客厅里常年散发的腐臭。

她房间的地上，铺着一张草席，上面晾着破旧褴褛的衣服，和一些破布条。房间里摆放着几样炊具，让人不至于饿肚子，地板上放着一张没有木板的宽大双人床。阿莉娅让我坐在她的床边，我发现这床比石头还硬。和那个时代所有的床垫和枕头一样，她的床垫也是用埃及棕榈芦苇做的。我发现犹太人和我们在这方面唯一的区别就是，我们的房子大部分都是露天的，周围绿树环绕，要么是无花果树，要么是葡萄树，要么是柠

9

檬树。小鸟在树上筑巢，我们在炎热的午后，坐在树荫下乘凉喝茶。我们的院落四周是白色石灰墙，周围种满绿植，看起来就像是一个干净卫生的小坟墓。我注意到阿莉娅的家里，没有卫生间。她解释说，所有住在小旅馆的家庭，共用一个公共卫生间，所以他们在自己的房间里，会放置一个形状如花瓶一样的夜壶用来解手……我发现阿莉娅也和我们一样，生活得如此艰辛，我是多么同情她，多么爱她啊。我通常只同情那些生活艰难，却仍然保持着尊严和体面，拒绝向生活弯腰的人们。或许我尊重阿莉娅，是因为她在用努力地工作、坚韧的意志无声抵抗命运的不公来维护自己的尊严，阿莉娅是爱的象征，对鲜花的热爱和为我缝制的新衣成了她形象的化身，一直铭刻在我的记忆里。

第三章

现在，我就这样站在伊莎贝尔面前。她是从摩洛哥移民到法国的犹太人的后代，莫非她是阿莉娅的孙女？莫非是我送给阿莉娅鲜花散发的爱的芬芳，把我吸引到她面前？我们之间称之为爱情的这种感情，要比抓住她、把她制成标本进行说明和描述来的深远得多……这种感情抓住我们，强行把我们带到她想要的任何地方。伊莎贝尔的馥郁美丽究竟要把我带向何方呢？

她对我说，拜谒阿姆鲁圣墓这件事情本身，对她来说没有任何意义……但是她喜欢旅行，从法国来到瓦赞，是个旅行的难得的好去处，可以了解摩洛哥这样的美丽国家，听到关于这里的各种各样的故事。

我一边开玩笑，一边半真半假地对她说："也给你机会来偷走我的心……"她用手捂着嘴笑，以掩饰内心的羞涩，或许是开心，或许还有些不安。她说："放心吧，如果想要你的心，我保证，会用我的心和你的交换，不过我还没想过这种事。"

伊莎贝尔不想和家人住在"亚新"村的阿姆鲁圣墓附近，

她更愿意和克里斯汀住在市中心的"阿莱姆"酒店。这让我有了勇气邀请她们明天来我家共进午餐。她们答应我的条件是，要我当日早晨在她们入住的酒店咖啡馆一起吃早饭。我接受了她们提出的条件，开心得不得了。

我的朋友迪布和我一致认为，应该分散克里斯汀的注意力，好让我有和伊莎贝尔独处的机会，于是迪布第二天陪我一同赴约。如果你和两个女人在一起，而你爱上其中的一个，你只能给另外一个也找个同伴，否则她会因为忌妒而不让你们彼此接近。我决定向伊莎贝尔倾吐周身血液里流淌的热情，好让她也像我一样，心中燃起熊熊的爱的火焰。爱情像火一样，水无法浇灭它，只有爱人心中更加浓烈的火焰才可以让它获得平静。所以爱情火焰的灭火器，就是爱人的拥抱……我能成功燃起伊莎贝尔心中的火焰，用我对她的拥抱平息我心中的烈火吗？

伊莎贝尔是个漂亮、聪明、开朗的女生，性格上是个地道的阿拉伯姑娘。然而我感觉她吸引我的，是源自精神层面的另外一些东西，难以解释和描述。这种吸引源于自然、现实、存在与虚无的力量。几千年来，人们认为吸引就是我们在灵魂深处紧紧相拥，当我们在某一天相遇时，发现每个灵魂都有与它相匹配的伴侣，两个灵魂紧密结合在一起，彼此无可代替……

我介绍迪布给她们俩认识，给她们讲了我和迪布相识的故事。当我们还是小孩子的时候，有天夜里，我们在拘留所过了一夜，我们不过是因为小孩子间打架进的拘留所，但有几个举止粗野的警察过来打我们，还把我们的罪名变成了谋杀罪。

她们俩听得一脸惊愕，而我和迪布则骄傲地吃着早餐。这早餐是为了欢迎我们专门准备的……随后我建议午餐之前，陪她们去外面走走，到布哈来勒山上，领略大自然的美景，从山顶的一角眺望这座城市，眼底的景色美不胜收，难以忘怀。城市的美景在眼前延展开来，目光所及之处，四周同遥远的天际绵延相连。当从城垛上俯瞰瓦赞时，会发现这座城市别有一番风味。在山脚下树林里忙碌的蜜蜂，最能见证瓦赞的魅力，它们飞向各方，嗡嗡地警告着每个想要走近舔一口从树上滴下的纯蜂蜜的人，哪怕这些人只是想舔上一点点，或者哪怕只是为了获得幸福和恢复健康。

她们俩对这个提议很感兴趣，于是我们穿过羊肠山路和小巷，向山上爬去。我们从市场出发，依次经过朱玛区、伊努·高勒阿街、苏维卡街、穆莱·阿卜杜勒·谢里夫街、鲁维达街、和迪鲁勒区，然后是法提哈门，随后我们来到了法国人在保护国期间 [1] 铺设的穿山路，这条路从位于阿迪尔区的法国兵营出发，一直通向山顶的碉堡。殖民者为了取得控制权，派军队从山脚到山顶对居民进行封锁包围。我通常是这样理解的，不然，这样一条被山切断的道路，是用来干什么的呢？

路上，我单独和伊莎贝尔同行，把迪布和克里斯汀丢在身后。我给伊莎贝尔讲述我的生活，讲这座城市和人们，讲我的野心和梦想。我感觉我像是个冒牌的导游，把所有钞票都掺混在一起。当我们走到伊努·高勒阿街入口时，我们看到一个老

---

[1] 1912年3月，法国迫使摩洛哥签订《非斯条约》，规定法国在摩洛哥享有驻军、行政、税收、经济等权力，摩洛哥的独立被取消，沦为法国殖民地，摩洛哥素丹"统而不治"。随后法国与西班牙瓜分了摩洛哥，西班牙获得了最北部和最南部，法国独占中部，建立了保护国。——译者

头儿蹲在地上，光着脚，目光歪斜，面色苍白，摊开手向安拉祈求怜悯。我童年的一段时期里，和这个如今被扔在这里乞讨的老人一起共过事。伊莎贝尔突然停下了脚步，我本想给她讲讲那段时间的经历，然而当我意识到我面前的是个敞开心扉听我说话，精神纯洁的人儿时，尽管我想讲的故事已在脑海里挤作一团，在嘴边马上脱口而出了，我发现这个时候并不适合讲这种事。况且我在讲故事的同时，还要对她不理解的事情做许多描述和解释……于是我拉住她的手，继续一边走路，一边聊着其他事情。然而我很难过，乞讨老人的形象深深地刻在我的心里，挥之不去。

我清楚地记得，他过去是个裁缝师傅，他家住在伊努·高勒阿路上……和瓦赞市大部分的街道一样，这条路的入口也有个饮水池，缺水的家庭和干渴的人们可以到这里痛饮一番。因为这里的水很清洁，可以帮助他们解决生存之需。人们牵上驴子、拎上水桶、各种容器，还有当时用来浇水和存水的陶瓷罐，聚拢在饮水池旁……瓦赞市特别是在夏天饱受干渴和高温的困扰，炎热到人们的手都不敢伸出袖口。

那时我还不到十岁，父亲染上肺结核，需要喝草药治病。他以为自己快要死了。我母亲请邻居帮忙，在暑假给我找一份差事做，好拴住我的腿，让我不那么淘气。当父亲不能够满足孩子的各种需求时，便给孩子们找点儿事做，以摆脱孩子们的纠缠……孩子们对父亲言听计从，要么是出于爱，要么是出于厌恶，而我对父亲的感情，只有无限的爱……

我的邻居是位热心的人，把我带到这位"师傅"家，他正在家里做缝纫。和他一起忙碌的，还有一群缝衣匠。于是我开始握住线，跟着一个缝衣匠缝"纽扣"。我发现这个缝衣匠温柔腼腆，人不错。师傅坐在院子中央的葡萄藤下，藤蔓的叶子遮住了蓝天下炽热的阳光，刚好可以遮荫纳凉。匠人们坐在锡箔做的棚子里工作，锡棚正对着师傅家的唯一一房间，师傅和他的妻子、儿子住在里面。院子大门旁边是供所有人使用的卫生间，里面黑乎乎的，臭烘烘的令人作呕。

师傅有个很大的收音机，款式陈旧，颜色偏黄，上面拴着一根铜电线，一端系在另一根铜丝上，这根铜丝挂在院子里，被当作晾衣绳。他喜欢收听的频道是"伦敦"，而他把它说成"伦敦儿"……他喜欢听新闻，于是就不停地播放新闻……有时他会沉默好一阵，然后冷不防地，似疯癫发作，把心里的疑虑或是突然想起的事情一遍又一遍地大声喊出来……

每天早晨，我母亲都早早地给我装满一小玻璃瓶奶和咖啡，小瓶的容量是二百五十毫升，再配上她亲手用新鲜小麦做的面包块，上面涂一点新鲜的黄油。然后母亲陪我走到大门口，祝福我说："去吧，我的孩子，安拉保佑你。"我走出家门，留给她的只是我远去的背影，我的心里装着满满的愉快和祝福。唉，当人们无能为力的时候，爱的方式就只有祈祷和祝福。

那时的我，认为自己不仅能够每天玩"接近和逃离师傅的游戏"——我多么渴望不用把各种交错的线缠在指间绕来绕去，还具有直面魔鬼挑战的能力……我放下衣襟，系紧腰带，穿过各个小巷和山路，一直走到师傅家。

师傅家的门是用重头钉装饰的老木头门，用来敲门的扶手是铁制的，衔在精雕细刻的门环上……我用力敲了敲门……不知道为什么，门自动开了。师傅的妻子满心爱怜地邀请我进来。我对她的温柔报以微笑，然后害羞地低头走进门……我注意到院落的围墙是用石头随意堆砌的，上面涂着白石灰，小鸟和昆虫在这里随意栖息……然而师傅的家，和所有普通人的家一样，温暖又漂亮。每天出现在我面前的，就是丝线、从我指间拿过线穿针的缝衣匠和疯子一样的师傅。在我身后，是阿里勒的父亲和萨丽特的母亲，坐在安静的禅房中祷告。

师傅忙着同时和好几个商人讨价还价……为了避免商人们的压榨、口若悬河和诸多责难，师傅嘱咐妻子要告诉他是谁在敲门，然后才决定给不给开门。他通常是面前放着好几件衣服，一次只缝补一件，直到有商人突然来访，询问他的进展，或者斥责他交货晚了，他便放下手中的活，大喊到："这位先生，你不打声招呼就来了……快带上你的仆人滚蛋吧。"商人刚走，师傅就得意地用幸灾乐祸的声音反复说，"哼，谁也别想监督师傅……"我当时不明白师傅为什么这样做事？而后来我才知道，每个真正的师傅都不喜欢仰人鼻息，或是被任何人监督，哪怕这个人是他的恩人或是他生命中唯一的财富来源。师傅与他莫名其妙的相处方式在我的脑海中固化下来。我在心里一直有个疑问：我们有必要在和别人交往时摆出一张臭脸吗，就为了被人叫作师傅？

一天下午晡时①，摩洛哥国家广播电台正在播放音乐家麦尔胡姆·穆罕默德·哈叶尼演唱的歌曲"移民"……我当时并不知道这首歌是由摩洛哥著名诗人阿卜杜·拉菲雅·朱海里作词，由杰出的作曲家阿卜杜·色拉姆·阿米尔作曲的……我只

---

① 晡时，下午3点到5点。——译者

16

是感觉穆罕默德·哈叶尼的声音穿透了我的心，让我感动、饱含热情、充满力量……如今我才意识到，为什么一些真正的艺术作品，比如歌曲"移民"，能够流芳百世，因为它是真正伟大的作品……

歌曲中有一段唱道："终究你还是离开了家乡……"我一边在指间穿针引线，一边梦想着像小鸟一样自由自在，在幻想的天地间翱翔。这时，师傅突然开门从房间里走出来，全身赤裸地径直走向院子，像刚出生的婴儿那样，一丝不挂。他手里提着一桶水，双腿间的器官像大象鼻子一样甩来甩去……

他蹲下来，把水全部倒在身上，嘴里哼着小调，仿佛他是在乡间的旷野上，旁若无人。他妻子从窗帘后面听到他的声音，一边痛哭一边大骂："你个不知羞耻的，你个不知羞耻的……你这样侮辱我，安拉会让你减寿的……"

他嘲讽地回答说："快把臭尸体拿走，干你的活去吧，天气这么热，让我的脑袋凉快凉快……"

学徒们相互间笑着挤眉弄眼，或许他们已经习惯他的这种疯癫，但这种场面对我来说，还挺震惊的。我从没见过哪个男人这样不知羞耻。我帮着拿住线的那个缝衣匠，低着头偷笑，不时抬头腼腆地看看我。

我听到他们中有人对另外一个嘀咕说，这师傅总有一天会把他妻子惹疯掉，到那时他绝对脱不了干系。另外一个回答道，听说她要把他送到"疯人院"去……每当她走进房间想要午睡的时候，都会把门锁上。像她这样两腿汗毛重的女人，通常都很饥渴……

当师傅又消失在房间里时，我惊讶地对和我一起干活的学徒说:"这师傅真讨厌……长的那么大,还在大家面前赤身裸体……"他终止了我俩之间的对话,说:"你还小,干好你的活吧,那些不穿衣服的人,他们是这样操作的……"听了他的回答,我并不感到惊讶……然而因为我的害羞,让他更腼腆了。我继续跟随着他手上穿过缝纫针的丝线,用屁股默默地在地上向前挪动……如果我一直这样干活,可能就要成为一名缝纫师傅了……但是我的父亲——安拉怜悯他,希望我只顾学习功课,永远忘掉缝纫……我的父亲或许有第六感,希望我听从他的忠告,避免落得和这名"师傅"一样的下场。可是难道拥有高等学历的人里面,就没有乞丐了吗?

第四章

　　我想起所有这些童年往事，当然并没有讲给伊莎贝尔听。她和我并肩走着，兴致勃勃地观察这座城市的道路和这里的人们，他们要么在专心投入工作，要么在去工作的路上。她不时回头望望，看见她的朋友正在迪布的陪伴下走在我们后面，就放心了。迪布可是知道怎样能吸引克里斯汀的注意力。

　　每当看到不理解，或是感到好奇的事物，她都会问我……让我感到很惊讶的是，她对我给她讲的每一件事都听得饶有兴趣、聚精会神。以前我从没有过因为爱而被人仔细倾听的经历。只有在伊莎贝尔这里，此外别无他人。我们俩你一言我一语，彼此都想说话，让对方听见自己的声音，但是大多时候我们说的，是很多无关痛痒的废话……因为两个人交往中的满足感，往往在于语言的交流，而不是语言的内容。

　　我们爬上山顶，面前是一条笔直的大道，四周种满了橄榄和无花果树，满眼的翠绿和着和煦的微风，阵阵芬芳沁人心脾。青草繁茂，有百里香和罗勒，旁边是大片麦田和大豆田，仿佛是在低语、轻抚和吟唱……绚丽的天空似乎在伸出长长的手臂拥抱大地，这样的环境更能燃起人们爱的火焰，撩拨起人们爱的欲望。

我和伊莎贝尔度过了一个难忘的早晨，我们之间和谐融洽得不可思议。我们发现我俩有很多共通之处……如果说以看向远处和未来的目光，来区分某种关系的成功与否，那么我俩的眼光和视界是一致的。因此我们彼此爱上对方，并不需要等待很长时间。就在那一天，我们用爱火之吻，相互见证了爱的诞生。

午餐时，我请伊莎贝尔和她朋友从屋顶上观看了我的房间。房间是按我喜欢的风格布置的，有一张床，一个小学习桌，旁边是个小书架。在房间的另一端，是个木料和铁制的健身器材，这是我锻炼肌肉用的……墙中间放了一面大镜子，可以照出对面的一切，让原本狭窄的房间也显得更宽敞了。在房间的一个角落，我固定了一根铁柱，上面悬挂着拳击沙袋和吊环，这是我练习武术用的。房间的一面墙上，悬挂着布鲁斯李（李小龙）和其他一些格斗英雄的照片。此外，墙上还挂了一把猎枪，两把剑和一根黑色的双截棍。

"你有全套的战斗装备！"克里斯汀评论着，一面惊讶地打量我的房间。

"在非正义的时期，你要为自己做最坏的打算。"我这样回答她。我知道自己指的是什么。

我给伊莎贝尔和她朋友讲我的生活方式，讲我如何安排时间。我告诉她们，就是在这个房间，我练就了现在的思想和体魄，使我有能力投入未来的任何一场战斗。

我当时在读大学的最后一学年，我爱的女孩苏阿德在我生活中消失了，和我中断了一切消息……从她怀着孕逃离瓦赞的那一刻起，便杳无音信……她的离开让我感到莫大的空虚。我觉得我遇见伊莎贝尔，是安拉怜悯我的处境，专门把她派到我面前，来补偿我心中烦乱和空虚的。可是让你爱上一个外国姑娘，她在两或三天后就要离开你，回到一个你并不了解、只是在历史或地理书上读到，或从人们的口中听说过的国家，这算是什么补偿啊？这个姑娘，你只知道她的名字和暂时的住址，只接过几次吻，这就算是补偿了？

伊莎贝尔刚回到法国，我就开始认真做去法国找她的准备。摩洛哥的假期里只允许我从事一些低等的工作。白天我帮人赶驴推磨，以此来偿还我每月底到期的债务和账单。晚上和节假日，我像个老士兵一样，在咖啡馆里大量吸烟、把玩沉香，或者打牌。这并不是我的雄心壮志。

首先要办理护照……办理护照本身就是个灾难。你要填写无数张无聊的表格问卷，你要辗转于无数个不同的管理机构。中尉、市政厅、军需部、法院，然后是省政部门。你要无数次去那、来这，被反复盘问。仿佛你被委以看管国库和监管人类灵魂的重任。最后你所拿到的只是一张证书，它并不能赋予你翱翔的自由，只能让你乘上遗失和迷途的翅膀。

关于这一点，我现在回想起来，最令人作呕的就是那个负责民生工作的卑鄙工作人员的嘴脸。当时我去他办公室办理出生证明。他正埋头做某件事，以至于都没发现我的存在。他在做什么呢？我不知道。关键是当注意到我时，他显得很狼狈，似乎正干一件很丢脸的事……于是他把愤怒都发泄到我身上，厚颜无耻地盘问我：

"你从哪进来的？你想干什么？"

"我从门口走进来，我希望安拉奖赏您，我是来取出生证明的。"我毕恭毕敬地回答他。

"出去，敲门，等着听到允许你进来时，你再进来。"然后像狗吠一样，继续呵斥道："妈的，真混乱。"

"我想这个部门是……"我气愤地回答，对他的态度很不满。还没等我说完，他就生气地对我喊："你个驴子，给我滚出去，滚！"

我突然走出去，无法克制住自己的情绪，说："驴子是你爸！你个黑白不分的东西！"

于是他开始大喊："伊德里斯，伊德里斯"，然后立即走进一个样貌丑陋的"壮汉"，可恶的工作人员告诉他说我想挑战他的权威，壮汉就凶恶地把我赶到市政厅一条空荡的走廊上，后面跟着另外一名"壮汉"，他们俩开始鞭打我。在当时的年龄，我完全能够把这两个壮汉一起踢倒，在一分钟内用致命的一击，就把他们打垮。然而为了不让这些可恶的人给我背上罪名，玷污我的司法记录，我只能不断地闪躲落下的鞭子和拳头，进行自保。无论是要留在国内，还是离开祖国，司法记录对任何人来说，都是档案中至关重要的文件。重要的是，你要一直保持干净，哪怕猴子在你身上大便。怎么做到的？只有安拉知道。

他们正在打我，那个卑鄙的猴子在一旁说："打他，继续打，婊子养的，打爆他的头，他才会对主人好好说话……"随后两个壮汉把我带到一个空房间里，用钥匙锁上门，然后离开了……直到我可怜的母亲向市议会主席求情，亲吻了他的额头和手，我才被放了出来。他是通过和对手一起参加民选才获得这个职位的，当时为了让我们在选举时帮他获胜，几乎要亲吻我和我朋友们的脚……这天，他把我释放出来，给我恢复了名誉，劝告我不要再这样行事，从法律的意义上讲，这样的行为属于执行公务期间，侮辱工作人员。然而作为一名要求正常权利的公民，对于我的侮辱，他却没有提。

今天，我回想起同伊莎贝尔相识，和第一次收到伊莎贝尔来信的日子。当时附在信件里的，还有一些我们的合影，特别是其中一张照片上，我们紧抱在一起，站在一头黑色驴子旁边。那是在一个美丽的春天早晨，我们在山上偶遇一个牧人，便同他的黑驴拍了照。我还回想起了随后的日日夜夜，我在她身边的幸福生活。想想现在，我感到生活是多么无奈和残酷啊！生活只值得用口水来唾弃。

呸……呸……呸……

我发现自己真的在往地上吐口水，特别愤怒。我几乎要大声说出内心的想法……我们看到很多人，独自在那自言自语……我们说，他们一定是疯子。然而事实上，他们只是不能再继续沉默思考而已……我们久久在安静中思考，可是当心里被愤怒填满时，就不得不一吐为快。无论如何，我们的忍耐力也是有限度的。这说明我心中的压抑已经快满溢出来了？而那些没有像我一样用力吐口水的人，心里还没有被塞满？

今天有谁会相信，我们——伊莎贝尔和我，曾经彼此爱得疯狂？相信我们的故事从瓦赞开始，在法国结婚、生活，生了一个儿子，然后分手？相信我发现自己正独自走在记忆和疯狂迷宫的阴暗隧道里，我从我们第一眼遇见的地方往下看，看到

23

自己行将毁灭的废墟？

有谁，特别是那些认为自己比任何人都聪明、机智的猴子们，会相信我的生活阅历丰富，我的所见所做之事，是他们料想不到的，甚至比他们在玫瑰色的梦中所见，都更美丽和绚烂多彩？

有谁能够告诉我，生活是什么？那些猴子们的回答，与我无关。他们的回答既肤浅，又大同小异。由于他们的思维方式，我奋力抵抗，不让他们把我的命运推向深渊。我从不要求任何人追随，或是盲从效仿我……我不喜欢那些猴子们，也正是因为这个原因。那些猴子们胆大包天，厚颜无耻，喜欢中伤诽谤和盲从效仿。所以要让每个人都可以选择自己吐唾沫的方式，否则，他只是一只卑劣的猴子，只值得被关在公园的兽笼里，让孩子们像观看肉做的头一样，观察猴子彰显的丑陋行为。脑袋如果没有了头发，就仅仅变成了肉做的头……这是我从一个小女孩口中听说的。小女孩当时正坐在爷爷的怀里，用瘦小的手指玩弄爷爷的缠头巾，不小心把缠头巾弄掉了，她发现爷爷的头已经秃顶，没有一根头发，于是惊讶地对爸爸大喊："爸爸——爸爸，爷爷的头是肉做的。"

第五章

　　当天下午四点左右，太阳下山后，我来到位于艾因·艾比·法里斯街上的一家网吧……在这个全球化时代，最畅销的贸易就是与通讯、媒体、信息和服务相关的产业。我们所有经历的现实，都是虚假的。而虚假又是现实世界的一部分……我有很长一段时间没有打开过电子邮箱了。坐在我旁边的，是一个正青春年少的小伙子，戴着耳机，眼睛目不转睛地看着一个女人的照片或是画像……在我看来，女人的头部，像是一头驮着垃圾的骡子，头上套着长长的袋子，只露出一双眼睛，目视前方。小伙子飞速地敲打键盘，不时用英语说话，完全处于热恋状态。"可怜的人儿啊，他想移民呢"。

　　我打开邮箱，发现里面有很多封未读邮件，只有 2 封是有用的。其中一封来自穆斯塔法，另一封来自努拉，都是从巴黎写来的……伊莎贝尔肯定是永远不会想到和我联系的。我们的爱情已逝，现在离了婚，各自去拥抱自己的命运了……她有她的国家，可以保障她所有权利……她有她的孩子，有她的未来。而我，有黑暗的隧道和这里的荒漠。

努拉说，她不想忘记我，她需要我。她说多想把内心所有矛盾的感觉和感情都表达出来，但是她又说，把握心中所有的感觉、思想，并把它们转化成文字和语言，绝不是件容易的事……她希望我一直通过网络和她交流。

我认识努拉，是在巴黎的一个歌咏晚会上。这场晚会是各种民歌乐队为欢迎旅居法国的摩洛哥移民举办的……我看见努拉在离我不远的地方跳舞，她用舞姿挑逗我，于是我开始接近她……晚会结束时，我俩一起走出来，坐进车里。空无一人的马路上，灯光微弱，我被她来势汹汹的爱，撩拨得春心荡漾……母狮通常是通过猛扑向睾丸，来打败野蛮公牛的。此后我们不停地约会，我了解到她是一个可怜的已婚女子，和形同虚设的法国丈夫一起生活。她小时候就跟随父亲，从摩洛哥东部移民到法国。但她整天乐哈哈的，喜欢食言、说笑话和做爱。她爱自由，不受任何束缚和限制，但她信仰"阿沃什勒"①，对摩洛哥音乐酷爱至极。

我不知道她为什么想要我在网上和她聊天？是因为我曾经是她的情人，并且如她喜欢和热盼的那样，与她同衾共枕吗？还是因为她那有缺陷的法国丈夫的冷淡，使她不得不生活在冷若冰霜的现实和温暖床榻的虚幻之间？我有这样的疑问，是因为她在来信中要求我在网上和她做爱。她说这是很容易操作的……即便是可以操作，难道我们在这把年纪，还要重新回到用这种方式来解决饥渴吗？或者更确切地说，这种下流的恶习，难道不应该私下里进行吗？然而似乎我们真正的欲望是蕴藏在生命之初的，在我们还不认识自己敏感的器官和本能时，

---

① 伊斯兰教的一个教派。——译者

就已经有了欲望。小男孩问自己的那个器官叫什么，我们对他说："叫鸽子"。于是小男孩很长一段时间都在等待，他肚子下面的小东西何时会长出翅膀，可以展翅飞翔。

如果某一天我想手淫，我绝不会对着一个女人的图像手淫的，同时这个女人因为欲望得到满足，还发出呻吟的叫声，于是我懊恼地删除了努拉的邮件。接下来，我开始给穆斯塔法回复邮件。

"我亲爱的朋友：晚上好，或者早上好！不知你何时会再次打开邮箱，读到我的来信。我有很久没给你写信了，甚至没有写过只言片语，给你讲讲我的近况……我现在还在瓦赞，我想我会长期住在这。我母亲病的很重，我感觉自己整个人都晕乎乎的，日子困窘狼狈。自从和伊莎贝尔分手，决定回到摩洛哥那天起，我就迷失了方向……我在凶猛的波涛和无际的海洋中挣扎战抖……我已经厌烦了清新的空气，厌烦了天空，厌烦了吸大麻烟①，厌倦了咖啡馆的单调无聊……四季交替，在我看来，却都是阴云笼罩的。空虚用它的铁拳把我紧紧握住，我几乎要窒息了。无论你把脸转向哪里，都会让你的心灵流血，让你感到绝望。然而我不得不留下来。直到现在，我也别无选择。

那些你认识的朋友们，每个人都在受命运安排指引。他们中大多数人都在这里留了下来，被拔掉了羽翼，失去战斗力，意志消沉。在不久以前，这些人还威力凶猛，而今天却不足以晃动一只蝴蝶的翅膀。我时常遇见他们，感到他们在堑壕和高墙面前的无能为力，堑壕和高墙封锁包围了他们体面生活的权

---

① 大麻烟，用印度大麻叶制成的内服麻醉药，能催眠。——译者

27

利和雄心壮志。这种无力感,几乎要把他们湮没。老兄啊,那城墙之高,沟壑之深,要比你能想象的更甚。所有人都极其顺从,生活在沉默的孤独中。我感到悲伤。因而,当你看到人们在生活中行动迟缓,你会深信,失望与悲伤行将不远了……我很困惑,不知道应该做些什么,感觉自己在"这里"和"那里"之间,被撕得粉碎。我想,目前再重回法国,几乎是不可能的。所以我宁愿在某种疯狂的飓风袭来之前,紧紧贴在家乡的土地上,越久越好。你比其他任何人都了解,我在自己愚蠢的权利范围内,干过的那些坏事,不论是在摩洛哥还是在法国。我相信,这些足以让我以坚定的步伐坠入深渊。有时我感觉需要收集自己散落一地的碎片,再进行自我重建……我感觉自己仍然需要健康的体魄和顽强的意志。我肩负着很多责任,若想战胜它,我必须从灰烬中涅槃重生。有很多事情,我都应该重新审视……'我应该重新开始,应该修正目前的混乱状态'……我这样对自己说。可是,我能做到吗?周围的环境能帮到我吗?说真的,我也不知道。随时间的流逝,顽强的意志受到挫败失望的影响,是会减弱的。然而我会一直牢记你的忠诚和善良……

直到现在,我在这里也没和任何人讲过,我和伊莎贝尔在法国究竟发生了什么……这件事也使我深受折磨。我无法忘记她,也无法向人吐露内心因她而起的痛苦……我们所有人都需要减轻烦恼和生活的重担,哪怕是向爱人倾诉或唠叨几句。或许每件事的出现,都是恰逢其时。我没有再见到过苏阿德。听说她嫁给了一个比她小几岁的小伙子,和丈夫一起搬到盖尼特拉市定居,在那做生意……我因为她结了婚、过得不错而感到高兴、同样，我也因为她在人生的第一个转折点拒绝、抛弃我而感到痛苦。把垃圾丢进她遇到的第一个垃圾堆里，是件很容易的事……在这个年代，有些女人变得如同那些粗野鄙俗之人，冷酷无情、铁石心肠。然而现在看起来，任何东西都有可能变得坚硬冷酷，甚至是女人的心肠……

刚开始的时候，我的母亲想尽各种办法，试图让我开口，给她讲讲我的脑子里都在想些什么，我想做些什么，然而每次我都找一个洞口爬出来，因为母亲总是在我周围织满密网，我从没有第三个选择，'要么不满意，要么满意'。事实上，我不知道为什么有些父亲或者母亲，会让我们这些孩子们做出如此艰难的选择?! 对于我和你而言，与其让我顺从'要么跳井，要么跳崖'的思维方式，我宁愿变成一个聋哑人，要么一了百了，要么像牲口一样，为了一口饲料，就可以永远被别人骑在胯下。我的固执是从祖辈那里遗传下来的，母亲知道我固执得像骡子一样，所以就不再问我任何事。她也是害怕我胡来，所以就对儿子很顺从，这一点，让我为她自豪。

坦白说，我很想对她倾诉这些过往，然而我担心在某些事情面前，我会变得更脆弱，因而让我把这些事情说出口，是很困难的。我怕自己泪奔，也怕她同我一起崩溃掉。我们可以通过倾诉的方式，减轻彼此的痛苦，然而我们却永远不能给无法承受的人增加重担……我知道你很担心我，然而你大可不必如此，你很了解，生活无论多么艰难，遇到什么难题，都不会动摇我的信心和信念——生活无常，只值得我们哈哈大笑。你知道我无法容忍自己被打败。可能我是个微不足道的人，但是我拒绝一会儿生活得像'克里提特'，一会儿又生活得像'克里土特'。我有时在自己身上看到两个人，他俩在吵架。其中一个是嗜酒的醉汉，凑到另一个身边闻味道，手中还拿着匕首上下挥舞，威胁他，反复说：'跟我走，我是克里土特……克里土特，生无所获，死无所留。'然后继续谩骂，你比我更了解那些下流的言语。现在我感觉自己就像是'克里土特'，我活着没有任何收获，如果死去，也不会留下任何东西……这样会把我杀死的……老兄啊，其实'克里提特'人群，就是由我们组成的。我想，他们已经成功了。我们活着，如同我们死去，对这个世界不会有任何改变。

这时，一个小孩在我身旁弯下腰，在我耳边小声说："你的姐姐在门口等你呢。"于是我用下面的话结束了邮件："我的好兄弟穆斯塔法，请原谅我不得不写到这了。有人叫我回去……谢谢你对我的关心和担忧。向你献上我的吻和我的爱。让我们保持联系。"我点击了一下发送键，把这封并没有结束的邮件发走了。然后我离开了网吧。

第六章

　　我姐姐正在"斯碧尔"门口等着我。她对我说话时,试图掩藏心中的痛苦和担忧。

　　"母亲在山路上摔倒了。"

　　"啊?!……"我惊愕地张开嘴巴。还没等我说出话来,姐姐又接着说:

　　"我们已经把她送到医院了,她正躺在那等着做检查呢……别担心,她现在挺好的!"

　　正值春天时节,日落时分,天气宜人,微风和煦。艾因·艾比·法里斯街上,像往常一样,挤满了熙熙攘攘的人群。我朝位于拉姆勒街区的市中心医院方向奔去,姐姐在我身后,昏昏沉沉地追随着我的脚步。我一边奔跑,脑子里一边思考着好几件事。我多么希望看到母亲,安慰她,轻抚她的痛苦,为她拭去眼泪,给她的内心带来开心和希望。母亲本来就疾病缠身,额外的骨折之痛可能让她更无法忍受。真讨厌,街道上太拥挤,又能碰见很多熟人,我不知道如何掩饰自己的紧张……我讨厌让别人看到我的脆弱。

31

在医院大门口，唤起了我所有的记忆。当你感觉到某种缺失威胁到生命时，你甚至会想起悲伤的过去……我是在这家医院出生的，而父亲也是在这里去世的……这一头是生命，那一头却是死亡。或许，不断地有人死去……这让我感到恐惧。在这种情况下，我不能够再失去我的母亲……可是我那时不是在无可奈何地接受别离呢？

父亲去世的时候，我还不到十一岁……他来医院时还是患者，然后就成了病号，一直住在这了。在父亲住院期间，我很珍惜按规定探望他的机会。医院只允许我们一天内探望他一次，于是我每天傍晚放学后，都独自来到医院的后墙，站在父亲窗下，等着他从病房的窗户向下俯瞰，好看见我……我的父亲，安拉怜悯他，每当他看见我，都用手势比划，让我再向医院和后街的隔离墙走近一点儿，然后他会朝我扔一捆小纸包，可能是为了我专门藏起来的。大多数时候，小纸包里是一块医院给病人配餐时送过来的巧克力。他用满是慈爱的目光注视着我，然后不停地向我摆手，让我回家去。我不知道自己当时为什么感觉他对我的怜悯和心疼，要比他自己身体患肺结核所受的疼痛还要痛。每次在这样的探访结束时，他都充满怜爱地向我挥手，仿佛他预先就知道会离我而去，留下我生活在没有他的世界里……

如今，我才真正了解做父亲的含义，也了解到一个父亲不得不对自己的孩子说再见，意味着什么。现在，我的儿子一定在巴黎遭受着失去父亲的痛苦。孩子们在小的时候默默忍受，等他们长大后，就会在沉默中爆发。

在父亲去世的两天前，我还去看望了他……那日天气晴朗，父亲的精神状态也不错。当时只有我们两人在一起，他爱怜地搂着我，让我陪他坐在他病房外的露天阳台上，可以俯瞰医院的小花园。他沉思了一会儿，没有说话，只有安拉知道他心里在想什么……然后对我说：

"我的孩子，你知道自己是在这家医院出生的吗？"

我回答说，有一天听母亲和邻居讲当时的情况时，我就听说了。

于是父亲继续说："当时我们借住在沙漠里你奶奶家，我忙着给我们现在市区里住的房子做些修缮。那是个冬天，你母亲怀着你九个月了。有天晚上，你母亲突然有了阵痛。小茅屋里除了我和你母亲，没有其他任何人。你的奶奶，安拉怜悯她，当时还健在，她正在你农场对岸的叔叔家。当晚下着瓢泼大雨，只有雨声在回应你母亲因为阵痛发出的哭喊声。煤油灯的灯芯用完了，唯一的蜡烛只能照亮它周围的角落。你的母亲痛苦万分，她的疼痛让我的心燃起熊熊火焰，心中已经翻江倒海，狂风暴雨，电闪雷鸣。此时牲畜圈里的家畜正靠在墙边反刍，流浪的野狗在狂吠，只有雨水冲刷而下的洪流知道野狗何时停止吼叫。你的母亲在我面前，时而像狼一样嚎叫，时而像猫一样呻吟，时而像狮子一样怒吼，她筋疲力尽，全身酸软，叫喊着，仿佛自己要被撕碎了。在这漆黑的夜晚，我能带她去哪呢？在这滂沱大雨中，我能去敲谁家的房门呢？

才到二更天，黎明还很遥远，外面仍然大雨如注。然而当感到你母亲越发痛苦时，我只能开始迎风而战。我走出家门，向农场的家人寻求帮助……我和你叔叔、婶婶一起回到家里，把你母亲抬到驴子背上。我们把驴子叫醒，径直朝市区的方向下山。你母亲当时的境况非常危险，我们需要用尽全力挽救她。你的母亲流血太多，十分虚弱，仿佛被各种匕首、利剑和长矛刺伤了一般，或是像被阵痛榨干了一样。她一直在流血，一刻也没停过。我们跟着迷路的驴子的步伐，光着脚赶路。我们给你母亲盖上羊毛毯和斗篷，为她抵御刺骨的寒冷。尽管这样，她还是全身发抖，喉咙发出咯咯的声音，看上去快要不行了。生活就是这样，有时不会给我们第三个选择，只有两个："要么顽强抵抗，于是我们活了下来；要么投降，于是我们死去了"。然而求生的本能，使我们只能面对一个选择，就是为了生活，直面命运。

我们大约还有一个半小时的路程要走。我们飞快地走在泥泞不堪的羊肠小路上，不敢有片刻停歇，十分担心你母亲的安危。驴子在深夜遇上这样的倒霉事，一定是牢骚满腹……你母亲的生与死，和它没有一点关系。然而感谢安拉，驴子在危急时刻，并没有像有些粗鄙的家伙一样逡巡不前，而是在不停赶路。"然后父亲把脸转向我，看着我的眼睛。他看我的眼神，掺杂了痛苦、怜爱和慈祥，让我今生难忘。接着，父亲继续说："你个小祸害，竟然喜欢在漆黑丑陋的夜晚来到人世。哪怕你再晚一会儿，安静地在你母亲肚子里，待到第二天早晨再出来，也行啊。

后来我们到了医院，当时的医生和工作人员还都是法国人。他们抱起你的母亲，飞奔似的把她带走了，他们对你母亲十分关心，争分夺秒，尽全力抢救。从当时医生的一举一动可以看出，他们对你母亲很重视，很关心。那一晚，我们是在医院的等候大厅里度过的，我们肩并肩蹲在一起，相互取暖，来抵御夜里潮湿的寒气……第二天早晨大约七点半，一个法国女医生向我们走来，他们称呼她凯瑟琳夫人。她像天使一样微笑着，用阿拉伯语对我说，还掺杂着好听的法国口音：'恭喜你，瓦立德·泽温。'"父亲在我回家之前，还叮嘱我说："替我问候你母亲。"

我是星期四去探望父亲的。星期六，我一边在市场上荡秋千，一边等着十二点钟时去探视父亲。秋千是拴在包围和装饰独立广场的粗大铁链上的，铁链一半是白色，一半是红色。这时，阿泽·丁向我走来。阿泽·丁是我邻居的儿子，因为以前吵过架，我都不和他说话……我还以为他来找我是要与我和解，可是他突然扑在我怀里，用真诚又悲伤的音调，放声说："愿安拉赐给你报酬，我的兄弟麦哈朱卜……你的父亲死了……"我呆立在那，说不出话来，心中地动山摇，翻江倒海，心中百般滋味，犹如井喷爆炸……我感觉身体正遭受着绝望之痛，仿佛行走在阴暗潮湿的隧道里，像随风飘散的落叶一样，全身战抖。

回家的路上，我哭成了泪人。见到母亲，我蜷缩在她的怀里，我们抱头痛哭，泪水足以浇灌父亲的坟墓。我和姐姐年纪还小，所以没有参加父亲的葬礼……我们当日被寄存在邻居家，直到吊唁结束才回来。

父亲在这家医院去世，已经是很多年前的事了。如今，我亲爱的母亲也住进了这里。她已厌倦了孤独和身体虚弱。而市议会为像我母亲一样的无数老人在小路上致命的摔倒，助了一臂之力。当时，市议会已经批准为城市里老旧的山路和小巷，从山顶到山脚，铺砌路面，然而由于他们的腐败，并没有注意到这些山路的陡峭程度。如果你观察驴子如何上山，或者如何下山，哪怕观察一小会，就会找到他们应该采取的正确铺路方法。他们铺路时，应该铺设相互距离不远的台阶，从而保护大家，避免任何人滑倒。所以，我母亲现在之所以躺在医院，竟是因为这些人的愚蠢。只有安拉知道，有多少人在这些泥泞湿滑的山路上摔断了肋骨……但能对这些腐败分子做些什么呢？

我还在想："在这家医院，母亲还能得到九十年代初生我时，医生给予的那般悉心关怀吗？还是会被遗弃在那，独自面对命运，直至咽气身亡？"

我们赶到医院时，夜晚的漆黑正嵌在白日的余晖里，鸟儿对巢穴低声倾诉着对温暖和家的渴望，我感到灰心沮丧。母亲正平静地端坐在那，左手用包头巾悬吊在她的脖子上。"妈妈，你这样的坐姿，看起来好像苦行僧啊……"母亲把手放在脖子上，不是因为小家子气，而是因为她摔倒导致了骨折。母亲一看见我，就立刻强作欢笑说：

"我的孩子，你来了？一定是你姐姐让你担心我了？"

我急切地对她说："你这是怎么了？快让我看看你的手。"

母亲移去缠在手上的包头巾，试图减轻我的痛苦。我的痛苦，咬噬着她的心。而她的笑容，也暴露了她的痛。可是，这是和谁在一起啊？是我，她的儿子，从家族的基因中没有遗传别的，唯独遗传了敏锐的直觉。这种敏锐感使我从少年时期开始，就对生活有着和其他人不同的理解和感受，我遵从内心的想法生活，按照自己喜欢的方式理解生活。

母亲摘掉手上的布条，对我说："放轻松吧，我的孩子，没事的。"

她的手腕肿起来了，皮肤上浮起青色的淤血，像长了札青一样。"没事的"，她又说。我问她：

"医生来看过你了吗？"

"哪里来的医生啊？"她继续说，言语里夹杂着痛苦、讽刺和同情："只有一个护士……他还忙着处理一个可怜的小男孩，是跟着他妈妈来的，情况很危急……护士正试图为挽救小男孩做点什么，免得为时已晚。"

急诊室大夫穿着一套可怜不幸做成的华服，外面套着由空无丝绸绣成的外袍，散发出陈年垃圾的香气，得意扬扬地踱步。患者们带着痛苦和焦虑，在急诊室的聚会中舞蹈。我对自己说：

"医院的大门上应该悬挂一块牌匾，上面写：'欢迎在周一到周五以外的时间生病，周末和节假日禁止生病'，这样，我们的医院就可以强有力地存在，而实际上可以关门了。"我留下来，和其他人一起等候，一起舞蹈，我不时地看见母亲因为疼痛，显露出烦躁不安的神色。过了一会儿，母亲步履蹒跚地走向救护室……

在救护室里的是个青年女子，护士正在她孩子的脖颈上寻找静脉，准备打针。护士转头看到我时，他的额头上沁出汗珠，面露烦躁和恼怒之色。他刚想呵斥我出去，在我做了自我介绍之后，便把话锋一转，对我表示欢迎。他友好地问候我，请我稍等片刻，然后又回到小男孩身边。小男孩在他手上，如同顽皮小孩手中的一只没有羽毛的小鸡。小男孩的脑袋有点大，稀少的金黄色头发下面，露出红色的头皮。面庞消瘦，脸色发黄，像个贫血的小老头……小男孩母亲正试着帮护士找到他脖子上的血管，完成注射，然而他们还是没有成功……铁制吊瓶架的三条腿中，有一条腿坏掉了，导致吊瓶架失去平衡，上面悬挂的血清滴在小男孩的血管里，突然停止了流动。小男孩母亲连忙按住他的静脉，同时，护士赶紧在一张肮脏的白色铁制桌子上，准备急救。我告诉男孩母亲，在没有医护人员指示的情况下，不要乱动。她用黑色幽默嘲讽道："我现在对医学懂的比那些医生还多，只是比他们少了一件带有狐臭的白色大褂……六个月以来，我一直处于这种状态……"我对她的勇气、忍耐力和母性的光辉肃然起敬，我默默地站在那，对她和她儿子的痛苦感同身受，以至于忘记了我母亲的存在。母亲或许此刻和在大厅外等候的其他人一样，正在饱受痛苦的折磨。我曾经来过这个等候大厅，当时是因为过度运动，导致大腿后侧肌肉撕裂。他们把我买的那瓶酒精全部倒在我受伤的肌肉上，仿佛要在我的身体里生火，然后他们就跟我说"再见"了。

护士给小男孩完成注射，把他送到他母亲跟前，然后向我们走来。他向我姐姐和母亲问好，问我说："麦哈朱卜先生，发生什么事了？"

我姐姐叹息着回答道："我母亲在山路上滑倒，把手摔断了。"

"无能为力，只靠安拉……这些山路简直是灾难，每天都有人因摔倒而骨折。"一番话，表达出他心中的不满和感同身受，流露出他善良的本性。回答完我姐姐的话，他在母亲面前弯下腰，开始检查她的手……

你们给她做过 X 光检查吗？他转向我问道，手中握着母亲骨折的手臂。

没，还没做。我回答他。

这时，我姐姐尖声说："我们在这之前，去找过一个给铁匠看病的医生，他用胸部 X 光给母亲的手做了检查……当我请他按照我之前的要求，把拍出的胸片拿给我，以便我交给医院诊断时，他说不行……我问他为什么一开始给母亲做胸片检查，他竟无耻地训斥我：'安拉的美名不会让你幸福，即使你花钱也买不到快乐。'他把我赶了出去，仿佛我是来他家门口要饭的乞丐……我接着说道："安拉把她像商品一样丢开了。"

"你们跟我来……"护士边说，边走在了我们前面，带我们穿过封闭大厅之间的地下通道。

姐姐挽着母亲的胳膊，扶着她站立和行走，而我在忙着和护士聊天，或许护士并没有听出我言语中给他施加的压力……当面对工作、时间和低成功率的压力时，我们会晕头转向……我感觉，这名护士已经发晕了。然而，他即使对我讨好奉承，也仍在试图保持沉着冷静……在这种情况下，他必须要加倍地努力。我们从小在同一个街道长大，有着共同的童年时代和共同的认知。因此，或许他认为自己有责任尽全力维护这种社会和人道主义价值的意义……

护士问一个叫阿莱勒的人在哪，阿莱勒是负责做 X 光检查的，但是他问到的所有人，都断言说没有看见他……阿莱勒就像是斋月里的新月，伊斯兰宗教事务部应该宣布决定对其进行监督，并在他稳定出现时，予以通报。

护士找遍了医院各诊室和所有大厅，已经找得筋疲力尽，然后看着我说："看来我们只有到他家里去找他了……先让你

39

姐姐陪母亲待在这，我派一个认识他家住址的人和你一起去，他肯定就在家里呢……他家离这不远。"

我下意识地从心底发出一声悲叹，用右手扶住额头，然后从头部一直滑向背后，表现出极度愤慨。我愤慨不是因为护士本人，而是因为这灾难性的总体情况不容乐观……我点燃一根烟，走了出去，我想把我的愤怒随着烟气一起喷吐出来……

第七章

　　我和护士兄弟派出的雇员一起走出医院。他陪我去阿莱勒家里找他……这名雇员正值青春年少，走起路来健步如飞，还时不时回头看看我，让我快点儿走……走到一条小巷的入口时，他对我说："你再坚持一下，阿莱勒住在山顶，我们需要爬山才能到他家。"这条叫作"哈维特"的山路，和瓦赞市很多陈旧的山路一样，坐落在布哈来勒山对面的小高山上，需要消耗些体力才能爬上去，因此我对雇员说："你不用……"我心里想："不论爬山有多费劲，总要比下山好得多"……我这样想，或许是因为感觉自己的人生已经到了下山的阶段，而当我们肩负重担，山路又很陡峭时，抵挡住下坡的溜滑几乎是不可能的。

　　我们俩走在山路上，一个在前，一个在后。他认识路，一直向前走，一副信步闲庭的样子。而我就像是一辆中途坏掉的汽车，被救援拖车拉着走。这样的路，我真是走够了……然而我还是会时不时喘着粗气问他："我们快到阿莱勒家了吗？……"

他用粗鲁的瓦赞口音温和地回答我："没……还在上面一点……"

我自言自语道："我可不走了，等喇叭手过来赶我走时，我再继续上路。"

就像是两个车夫推着满载货物的双轮车在山路上行进，突然有人路过，提醒说有一个车轮没气了。于是易卜拉欣对他的朋友米哈迈德说："我来给车胎打气，你注意别因为气压太大和负重太多而让车轮爆胎，这样我们就真走不了，只能待在这了……"

于是易卜拉欣开始给车胎打气，米哈迈德则把手放在轮胎上，感受轮胎的气压……不时对易卜拉欣说："再来……再来点儿……再来……再来……再来点儿……"

当听到车胎爆炸的一声巨响，米哈迈德惊慌地大声呵斥易卜拉欣："你在干吗呢……安拉保佑。"

这是我想到的和我同伴在一起，会发生的事，他的嘴里只会说"还在上面一点"。

我们继续赶路，终于来到山顶。呈现在我们面前的，到处是新盖的黑色房屋，一直延伸到橄榄田旁……在这里建造房屋，像是商量好了似的。自二十世纪八十年代初，干旱初期开始，大批农民来到这里定居。当时的农民迁移，被看作是一件大事情。那时，失业像疾病一样四处蔓延，人们看不到天际和未来，每个走投无路的人，都感到自己、家人、牲畜和土地危机重重。他们变卖了在乡下的所有东西，来到城市，在市郊买了一块土地，而这市郊，却又变成了另外一个边缘地带。他们住在这里，到城市去找活干……

终于，雇员在一扇焊锡的门前停下来，门敞开着，我站在后面，和大门保持一定距离。因为家是私人领地，我可不敢干涉大门里面发生的事情……在我们从小接受的教育中，这是一种惯例和美德……他礼貌地敲了敲门，退后几步，在靠近我的位置站定，等待有人走出来……等了一会儿，他又走上前去敲门，这次的敲门更用力一些，喊道："阿莱勒……阿莱勒……"然后他失望地悄声对我说："我猜他家里没人。"

这条街巷里小孩子很多，像苍蝇一样四处乱蹦乱撞，有时奔跑，有时蹦跳……他们中有人在啼哭，有人在诉委屈，有人在嘲笑别人，有人在伤心难过，要么在地上爬，要么走路，要么在飞奔……我心里的这些古怪想法如果被这里的孩子母亲知道了，一定会毫不客气地对我说："你眼瞎呀……你倒是给我喂养、服侍他们试试……"

有一个小男孩向我们走来，蓬头散发，灰头土脸，手里拿着一小块面包，（我敢肯定，我在像他这样的年纪时，和他一样）问我们：

"你们知道法蒂娜阿姨住在哪吗？……她在卡泽维家。"

他一边走，一边饕口馋舌地啃一口手中的面包块，吃得津津有味……他在自问自答，并不需要任何人回答他。在瓦赞，人们相互熟悉彼此的名字、职业、居住的街区或是所属的部族。你会发现人们说这是阿莱勒先生的家，或者米塞利家，或者哈达德家。所以当小男孩说法蒂娜阿姨在卡泽维家，相当于说法蒂娜阿姨是卡泽维部族的。

"阿莱勒不在家么？"雇员追在小男孩后面问道。

小男孩转头看着我们，表情一脸迷茫，两颊因为嘴里嚼着

43

面包被塞的鼓鼓的，接着他像正在赶走耳边苍蝇的小驴子一样，左右摇头，然后匆忙向一群相互踢抢的孩子们跑去……

微风和煦，轻抚着山间小路，对面的布哈来勒山变成一座黑影，遮住了我们眼前的天际……我的心里也是一片黑暗，不清楚眼前是何方，身后是何处……我是否应该接受，人生已经到了攀爬到山顶，开始折返下山，到了一无所有，重新开始的阶段？还是在山路上逡巡不前，尽管与现实生活路径相反，也要继续攀上另一座山峰的阶段？

雇员感受到我心底的悲伤，轻轻拍了拍我的肩膀说："我们回医院吧，阿莱勒肯定已经回去了……"我对他的友善表示感谢，然后我们开始下山。当生活冷酷无情地对待你时，没有什么比一个素未相识之人向你伸来友善之手更美好的了……能够击溃你的，不是与你发生争执的人，也不是对你怀有敌意的人，而是那些知道何时和如何对你做出善举的人……

在回医院的路上，我感到各种幻影、忧虑、记忆和幻想积聚在心头，在我的思想中独断专行，肆虐我的心……在我的生命里，能够使我断肠心碎的，唯有死亡。而现在，我对死亡的魔爪仍然感到畏惧……

当我们走到医院大门口，门卫招呼我们，并对我身旁的雇员说："要找的那个阿莱勒，你们刚出去，他就回来了。"

在放射大厅，我们发现阿莱勒已经在里面等着我们了。他穿着一件脏兮兮的白色衬衫，看起来似乎有一段时间没洗了……阿莱勒大约四十几岁的年纪，留着山羊胡，唇上的胡须被嘴巴四周的胡须以新月的形状包围起来。一双小眼睛像狐狸一样。但是看起来笑呵呵的，是个讨人喜欢的家伙……

他一再为刚才不在表示歉意，解释说他出去只是为了吃点儿东西，实在是饿极了，吃完马上就回来了……像阿莱勒这样，坦白说，在我们的体制机构里，任何一个工作人员都可以用任何借口或者原因，随时放下手中的工作，去做他们想做的事……

阿莱勒带我和母亲走进检查大厅，我姐姐在门外等候。母亲的手用布缠着，挂在脖子上。阿莱勒让母亲露出手臂，快速地检查一番。肿胀的手臂歪扭着，皮下出现了蓝紫色淤血，部分淤血已经钙化了……

阿莱勒的检查器械有的悬挂在他面前的桌子上，有的就散放在桌子上，他把这些器械迅速整理好，用命令的口吻对我母亲说："把你的手臂放在那，不要乱动。"

母亲把手放在那张白色的大长桌面上，阿莱勒用带大灯的检查仪把她的手臂抬起来，用安全的姿势固定好，然后按下他身旁的按钮。X射线的闪光在我脑海中划过，像闪电一样炫目……他没有动母亲的手，只是固定了一下，再次按下按钮。射线的闪光再次在我脑海中划过。阿莱勒让母亲把手臂缠起来，让我们在检查厅外等一会儿。过了一会儿，我们拿到了X光片，结果显示前臂骨折、腕关节撕裂……

阿莱勒让我们跟着他去找医院里另外一个人，给母亲接骨。

母亲默默地忍受着疼痛，不时像饥肠辘辘、咪咪叫的小猫一样叹气呻吟……我们穿过很多大厅，阿莱勒一直在打听塔希尔在哪……我们就要重演往事了……可恶的往事只有在令人恐怖和痛苦时才会重现……一个正在给病人分发食物的女人，告诉我们塔希尔正在一楼……

塔希尔所在的房间很宽敞，灯光微弱，一眼望去，房间里很凌乱，里面摆放了桌子、椅子、各种器皿、棉花、器械和很多其他物品，每件物品上都贴有外文标签，唯一能够识别的标签，上面写着垃圾堆……塔希尔个子不高，容貌精致，鼻梁上架着一副厚眼镜，看来他视力不太好。他身穿一件绿色大褂，俨然一个外科医生……（我们重复了同样的问答，你母亲怎么了？在哪里摔倒的？她的手骨折了……）我们把所有令人反胃的细节再次重复了一遍。塔希尔从我们手中接过 X 光片，在苍白的霓虹灯光下仔细端详，然后让我们去买夹板、石膏、棉花、绷带和一些其他必需品……

塔希尔说："我们这里什么都没有。你们看，我们这里的情况就是这样……"

我挠挠头，弯腰问姐姐有没有带现金，接着听见塔希尔催促我说："抓紧时间吧，不然药店就关门了。"

我们从人群中走出来，姐姐把钱包里所有的钱都拿给我，一言不发地回到母亲身边坐下，把她搂在怀里。

我低着头，凝神注视前方，拼命疾步向前走。吸入的空气直接沉入肺中，我艰难地一口口咽下空气，感觉自己的肺快要爆炸了……无论你把脸转向何处，你都会遇到无端的障碍和荒谬……或许这解释了这个国家的人们，在遭受苦难时，为什么还会继续地拜谒坟墓、魔术师和驯兽师……

街道上人潮如织，我快步穿行在人群中，不让任何人挡住我的脚步。我讨厌愚蠢的失误和人为造成的遗憾。然而只有少数人是真诚的。药店还在营业……我迅速买到需要的物品并付了款……"在特殊关头，总是有人关心你，珍惜你的时间。"

我回到医院，塔希尔瞥见我手中的袋子，说："你很幸运，能够找到还开门的药店。"

我回想今天傍晚发生的一切，自嘲地对塔希尔说："我手中有可以粉碎岩石的花朵，可以让父亲满意的安拉的茶叶。"我在心中自问："城区里难道没有值班的药店或是什么吗？"

塔希尔把母亲带到操作室……把我从药店买的东西铺撒在小桌子上……然后卷起袖子……把小塑料瓶接在水龙头上，把石膏倒进桶里，往桶里注上水，然后像真正的建筑工人一样开始和浆……接着他来到母亲身边，让她坐在椅子边上，把骨折的手臂露出来，一直露到肩膀。塔希尔让我帮忙把母亲的手以某种特定的姿势固定在长桌上……我能感觉到母亲正在忍受剧烈的疼痛，但她咬紧嘴唇，尽力忍住，不让自己喊出声来。可她不时地……还会发出"唉"的一声呻吟。

塔希尔先给母亲的手臂包上棉花，然后缠上浸润石膏浆的绷带……这个正在拉着母亲手臂正骨的男人，在我看来，像在用泥土制作木炭。他把石膏团抓在自己手里，然后平铺在母亲的手臂上……我强忍着，差点没笑喷，心中却十分不安和担忧……过了不一会儿，母亲的手臂就变得白晃晃的，又粗又大，像一根涂满石灰的树干，四周应该围上围墙，这样就变成一座坟墓了……你大概只会听说"安拉的茶叶是白色的手臂……"为了补全画面，我蹲在坟墓门前，从参观者那里祈求祝福。

塔希尔掸了掸手上残留的石膏，和母亲道别，然后陪我们走到门口说:"安拉保佑你痊愈"。

我对他表示感谢,正打算离开,塔希尔又对我说:"你母亲应该住院,明早让医生看看她的情况。别忘了给她准备好床单、枕头和食物。"

我看着他说:"好的",随后我们离开了医院。

第八章

姐姐在家里战抖地收拾母亲住院可能需要的东西，我陪着她，一直把她送上出租车，然后我去找我的理发师朋友布伯克尔。面对眼前的烦恼，我只想去喝一杯，或许可以使我稍微平复一下心情。我走进理发馆，看到布伯克尔正在一边给一个青年人理发，一边和夜宿在他那儿的两个男人聊天。我和他们握手，然后坐了下来……我们彼此很熟悉……在这座城市里，我们所有人都是朋友，又都是陌生人。我们之间的关系很微妙，其中掺杂着喜爱与厌恶，竞争与忌妒，尊重与蔑视，真实与虚伪。行为矛盾，却正是我们的特征。来到城市里的异乡人，即使是条狗，我们也会尊敬他，并且称他为"尊敬的狗先生"……在我们这里，有多少异乡来的小狗被我们变成了狮子啊。

大家在谈论瓦赞市发生的变化。正在说话的是一个上了年纪的男人，对我的加入并没有太在意。我落座后，他刚回复完我的问候，就继续口若悬河地说："在过去，很多事情都不是现在这个样子的……如果有人犯了错或是出了丑，无论这件事是和他本人直接相关，还是与他的某个家人有关，他都会收拾行囊，不等到第二天天亮，就离开这里，再也不回来了……"接着，他调整坐姿，正了正头上戴的红毡帽，对大家伙说："我给你们讲一个我亲眼所见的故事吧。在上世纪七十年代初，当时我正在盖我在里拉泽瓦区的新房子……"

他停顿了一下，转头看着我问："你还记得吗？当时里拉泽瓦还只是个被高耸的野生树木环绕的小墓地，有个名叫'欣瓦'的修行者住在那？"我说当然还记得……我精神恍惚，脑海中闪现出很多回忆那个叫作"欣瓦"的人的画面，在里拉泽瓦，住在用麦秸、纸板和锡块搭建的房屋里。他是个可敬的人，性情温和慷慨……经常穿着一件灰褐色的阿拉伯长袍，脖子上挂着一串颗粒粗大的念珠，目光游离……我们很喜欢在那里的树荫下玩耍，我们爬上高耸的树木，从鸟巢里掏出雏鸟和鸟蛋……有时我们进去参观那里的白色坟墓。我们偷走蜡烛、钱币或是烟盒，那是一些成年参观者在我们进去之前，就放在那的，希望逝者能用掉它们……看来讨厌的家伙，从小时候就是令人讨厌的……

当我从悲伤的记忆中，重新回到说话的长者身上时，我发现他在说："我曾雇佣过一个山里人给我干活儿，他叫赫迈尔。他是一个谨慎理智的人，此外，他还是一个自食其力、能力出众、让人信赖的手艺匠……如果他发现他手下的人干活毛毛躁躁，或是有欺骗行为，就会把他从墙上拽下来，直截了当地说：'下来，臭小子，放下你的工具，另谋高就吧，你不适合在我这干活……明天要是有人看见这房子上，因为你刚才犯下错误造成的瑕疵，问房子主人是谁给建的，你要这样回答他：这是哪

50

个婊子养的给建的房子，安拉都放弃他了。'

"有一天，赫迈尔因为他女儿贝克尔结婚的事征求我的意见，当时是有个军人在向他女儿求婚。而他女儿当时还不到十五岁……我建议他等女儿再长几年，待她长大能够决定自己命运时，再作考虑。因为婚姻的成败与否，决定了一个人一生的命运，婚姻应该建立在坚实的基础之上。你的女儿，我对他说，年龄还小，还不足以决定自己的命运。赫迈尔回答我说：'艾希·阿拉比啊，我女儿愿意结婚。她想找一个喜欢她的人结婚……'"

艾希·阿拉比还没说完，感觉有些烦躁，把手放进长袍的衣袋里，拿出一个松木做的鼻烟盒，四壁雕刻着银饰……"山里人吸了一口烟，说道：'安拉怜爱和她结婚的人，谁给她播种，谁就会享受到极乐世界和乐园的快乐。'"艾希·阿拉比把烟盒里的烟沫倒在小手指外侧，用右手小手指尖在左手上划横线，一直划到手腕的位置。这时，我想到一个山民拦截公共汽车的笑话，汽车在路上飞奔，山民正在路边，伸展划着烟线的手指，他担心疾驰汽车扬起的风吹散他手指上的烟沫，便把手举起来挥舞着，仿佛是想要搭车的旅客……汽车在他身边停下，为他打开门，他吸了一口烟，对司机呵斥道："滚滚滚。"

于是艾希·阿拉比刚呷了一口烟，掸去手上的烟沫，我就笑着喊道："滚滚艾希·阿拉比……"

艾希·阿拉比用他宽大的旧衣服擦了擦鼻涕，卷起鼻烟盒，把它放回衣袋，哈哈大笑……然后继续讲道："娶赫迈尔女儿的男人，是个军人……那段时期，摩洛哥同波利萨里奥阵线①及阿尔及利亚的雇佣军在撒哈拉交战，处于最激烈的阶段。青年人纷纷应征入伍，刚一结束军事训练，就要到撒哈拉的前线去迎战。他们中大多数人，都会在休假回家时，由母亲操持婚事，订婚娶妻……甚至这座城市从来都没有像这段时期一样，有那么多对年轻人走进如此繁华的婚礼……因为有人会因为战争死亡，也会有人因为战争坚持结婚生子，以延续生命……"

新婚之夜的第二天早晨，军人气愤地找到赫迈尔，要把女儿退还给她，似乎她女儿是个腐烂的商品。军人说："赫迈尔师傅，我发现你的女儿是有窟窿的。"布伯克尔笑着评论说："水的冷却器就害怕水在里面流动。"我们轻轻一笑，艾希·阿拉比继续讲道："赫迈尔是个倔强的山里人，他不相信也不愿相信，他大门不出二门不迈、不认识任何人的女儿，会在婚前失去童贞。于是他痛诉军人，让他知道鸽子进去和鸽子出来时是不一样的……这个消息很快就在人们中间流传开来，他无法忍受这个丑闻。有天夜里，赫迈尔和他的家人没等到天亮，就离开了这个家，仿佛被大地吞噬了一般。从那时起，直到今天，我没再见过他，也没再听说过他的消息……他的灵魂是自由的，安拉赞扬他……"

布伯克尔反问道："艾希·阿拉比，那么今天呢？"

艾希·阿拉比回答说，言语中带有一丝讽刺："今天啊，有些男人已经成了妻子的统帅。他们把汽车和家里的钥匙交给妻

---

① 波利萨里奥阵线，又称为西撒哈拉人民解放阵线，是一个致力于
争取西撒哈拉独立的政治、军事组织。曾在阿尔及利亚的支持下，
与摩洛哥在西撒哈拉地区交战。——译者

子，自己则不知害臊地跑到咖啡馆和小酒馆里坐着……好像家里的事和他们无关似的。"

我漫不经心地评论道："那么艾希·阿拉比，我们在这个时代处于统帅地位咯？"

还没等艾希·阿拉比说话，有个正在坐着剃头发的小伙子，刚咽下口中的食物，就对我说："有些很有名望的人，不仅要当家里的领导，还终日过着醉生梦死的生活。"接着开始讲他和一个名流之间的故事，他认为这个人很有名望，还特意隐去了这人的名字，就好像除了我以外，大家都认识他似的。这人究竟是谁，和我无关，我也没有问。我就随他讲他愿意讲的内容。于是他继续讲他的主人公："他几乎每天晚上都出门，猎奇和他一起过夜的人，不放过任何目标……他像老鼠一样，是安拉的异教徒，当他的火焰被浇灭，意愿被压制，欲望被撩拨，就开始发狂，咬噬每一个路过他身边的男性……例外的是他知道我从不，也不会适合他的口味，也因为其他一些原因，所以尽管我几乎每天都路过他家附近，他从没开口和我提过这个事。他用鸡奸者的笑容向我问好，带有很多变相的暗示，但是他从不敢主动开口和我直奔主题。我知道那些下流痞子只骚扰同类，他却很反常。他很清楚我和他不是一类人。然而当瘾君子沉迷于某件事时，他是没有节制的……"

有天晚上，我喝多了，有些微醉……我头上戴了顶长檐遮阳帽，帽檐遮住眼睛，避免和人目光交汇，暴露出我内心的一切……我不知道自己走到了哪里……马路上一片漆黑，他把我当成了别人，拦住了我的脚步。我抬头看着他，问他想干什么？他无耻地对我假笑道："你好啊……这不是你么，天啊，我竟然不认识你。"

"是我,你想要干什么?

"兄弟,你怎么总是这么紧张,我只是独自喝了点酒,感觉需要找个同伴和我一起喝点,如果你不介意的话,我们共度良宵吧……"

"我不介意,但是我现在和朋友有约了,下次吧……"

"你有手机吗?"

"现在还有人没有手机吗?"我讽刺地回答他,给了他手机号,然后离开了……

有天夜里,凌晨三点左右,我喝得迷迷糊糊,正准备睡觉,这时手机铃声响了:

"喂,你好。"

"你好,是我。"

"你好,我……"

还没等我说我喝醉了,对方就已经迫不及待了。刚从外面和朋友们喝酒回来,一到家,就听见他在电话里说:"天气太热了,我睡不着,我猜你也一样,也还没有睡,你愿意和我一起出去走走吗?在这样的夜晚,我需要和你亲近亲近……"

我心里想,这个安拉的异教徒,一只小虫都能勾引他。

我试着向他道歉说时间太晚了,可是他很坚持,再三要求我出来……于是我和他说等我一下,我就来……对于醉酒的人来说,没有什么事是不可能的……"

山里的孩子第一次和爸爸坐在海边看海,他看到一艘船在海面上行驶,便惊讶地看着爸爸,呆头呆脑地问:"爸爸,我饿极了,我们用钱买一些吃的吧。你看钱币也能在海面上行驶吗?"他爸爸很不耐烦,生气地回答说:"钱币换来食物被咽进肚子里了。"酒也如此,很多胆小怯懦之人,喝醉时会变得更大胆,更有勇气。所谓酒壮怂人胆。

年轻人继续讲:"我来到他家,他打开门,邀请我进去……我对他说:

你不是说房间里太热了,你想出去透透气么?……

进来吧,我们少喝几杯,然后如果你还愿意的话,我们就出去……

"可是我已经喝很多了。"我高声说道。他把手放在我的嘴上,央求我说:"拜托了,小声点说话……"然后拉着我的手,往屋里走:"进来吧,我们先聊聊天,然后你愿意做什么,都随你……"

进了房间,我坐在正中间的黑色真皮沙发上,地上铺着色彩鲜艳的贵重羊毛地毯,我面前是一张玻璃桌,上面放着几瓶玻璃瓶装啤酒,和一个精美的瓷盘,瓷盘里放满了巴旦杏、开心果和花生。还有一个类似的瓷盘里,盛满了橄榄。桌上放着一个烟灰缸,里面安静平和地躺着几只吸过的烟头……

他上身穿着一件睡衣,没有系扣,肥硕的肚子露在外面,像极了怀胎七个月的孕妇,下身穿了一件短裤,露出白皙的两条小腿,腿上稀疏的汗毛,仿佛桃子上的绒毛。"擦一擦……"他靠近我坐下,侧身在我耳边小声说:

"你想喝点什么?"

"我已经喝的很多了……"

他递给我一瓶啤酒,央求我说:"陪我喝些吧,哪怕就喝一点。"

说完就开始接近我……我预料他要开始摩擦我的身体，抚摩我的肢体了……于是我扔下啤酒，看着他的眼睛：

"你想做什么？想要我骑你？"

他无比风骚地回答："这样就开始了吗？不用前戏？"

你还想等什么？

接着，他站起身，走进房间里面，回来时，手里拿着一个小匣子，眼睛里闪烁着被压制的欲望的光芒……"

这时，有人走进理发店，年轻人刚好讲到敏感又引人入胜的地方，如同可恶的插播广告切断了电影或电视剧最精彩的情节。来者是个衣衫褴褛、身材瘦削的年轻人，没有牙齿，目光斜视……他走近布伯克尔，在他耳旁低语几句，递给他一块金币，然后回到自己的位置上，站着等候……我理解的是他想请布伯克尔帮他修剪胡须……因为我听到他说"给我剪一剪"，意味着给我剪胡须，而如果说"给我修饰一下"，就是指剪头发……

艾希·阿拉比显然已经被年轻人戛然而止的故事吸引住了，他情不自禁地问道：

"和你那朋友过夜的结局如何？"

艾希·阿拉比就像是陪儿子们在电视机前一起看电影的老翁，有一个情景是女主人公正在小溪里洗澡，她想走出小溪，导演就用一头站在她对面的驴子来遮掩她的身体，驴子把她完全遮住了，观众只能看到她的脑袋和两只脚，老翁完全融入了电影的情景中，迫切渴望看到女主人公一丝不挂的场面，忘记了还有儿子们坐在身旁，激动地对驴子大喊道："滚开……滚开……"，催促驴子快点走开。

年轻人意识到自己讲到了尴尬的部分，十分简短地回答说："我把他留在那，自己离开了……从那以后，我没再见到他，他也没再问过我。"

布伯克尔揶揄地说："艾希·阿拉比想知道，你们之间究竟发生了什么……？"

年轻人从椅子上站起来，掸去耳朵上的碎发，说："我有必要告诉你们所有的细节吗？推论后面发生的事并不难……"

我对他说："要知道真相，很容易……"他对我的意思心领神会，笑着回答我："愿安拉赐给你真相。"然后他在布伯克尔手中放了几个金币，好像是货车司机偷偷地在检查违章的交警手中放几个金币一样……他照了照镜子，正了一下衣领，喷上香水，昂首阔步地走出去了，仿佛自己是一个半人似的。

我看着艾希·阿拉比，对他说："在摩洛哥，大家普遍认为性变态是被动的，然而变态起来，就不分被动还是主动了……"

艾希·阿拉比回答我说："愿安拉宽恕他们……这个时代存在很多反常的现象和病态，数不胜数，而他们却认为自己是正常的，赞美安拉，感谢安拉……"

布伯克尔正在把理发馆地上的头发堆成垛，对他说："这类事情自从有了人类以来就存在，只是今天由于数字化的发展和媒体的多样性，才使得这一切暴露出来……"

第九章

那个疲惫不堪的小伙子还站在那，布伯克尔请他坐在椅子上。于是他坐下来，抬头看着天花板……他左右环顾，然后把目光集中在镜子里自己的脸上，开始哈哈笑起来……布伯克尔正在把碎发堆在理发馆右侧的角落里，问他道："你在笑什么？"

小伙子不停地向各个方向转头，疑惑地看着他问："我是傻子，你说我是傻子吗？"布伯克尔对他说："是谁说的你是傻子？"

"我总是说很多话，我也不睡觉。我会一整夜地大喊大叫，我父亲就对我说：'你是傻子'……我问过自己，一个父亲怎么能对自己的儿子说出这样的话呢……"

布伯克尔对小伙子开玩笑说："你还和母驴私通吗？"我觉得布伯克尔和青年开的玩笑有点过了，但是当我知道他们两人的关系并非点滴之交后，便渐渐理解了他们之间的这种玩笑。

小伙子的笑容消失了，对布伯克尔承认说："安拉宽恕我，我只干过一次，就一次……后来我问自己：'我为什么会这样？'我有富足的财产，我的头脑……父亲经常对我说：'你……你没有脑子……你是傻子。'"

然后他看着我问："兄弟，我是不适合生活在城市吗？农村更适合我。你呢？父亲对我说：'农村更好。那里有清新的空气，自然的风光……'兄弟，你说是农村更好吗？"

我很为难，不知道该如何回答他，只是注视着他那张令我恐怖的脸……一只眼睛是斜视的。鼻子很大。嘴巴里没有牙齿。下巴上的黑色胡须脏兮兮的……唉，这是张多么恐怖的脸啊，脸上的容貌都看不清楚。

我又看了一眼他在镜子中的脸，刚好他感觉到布伯克尔在用肥皂给他的胡须打沫，于是哈哈大笑起来。

布伯克尔问他："你在夜里睡觉吗？"

"我在夜里总是大喊大叫……我为什么要喊叫？我是傻子？"

然后他转向艾希·阿拉比："你说，无欲无求的人是傻子吗？"布伯克尔提醒他不要左顾右盼，否则修面的刀片可能会伤到他……小伙子并不理会，又转向我问："有可能是被施了妖术吗？我曾经是一个刻苦努力的学生……我父亲卖酒……我们有很多财产……但是脑子……脑子……"

艾希·阿拉比拍打着长衫上的碎发，正准备离开，转过头来对我说："只有孩子或者傻子才会说真话……在我们的国家是这样，所有事情都是如此，但是头脑应该……"

我注意到布伯克尔对待这个小伙子和其他人没有任何分别，尽管他痴呆又肮脏。他不慌不忙地给小伙子修面，并没有因为他身上散发的腐臭气味和衣服肮脏而表现出任何厌恶、恶心……相反，当给他修理完下巴上的胡须，还给他梳了头，擦了脸，洒了香水，和往常给其他客人做的完全一样……这个行为透露了他身上令我尊重的高尚品德……小伙子站在镜前，凝视镜中自己焕然一新的面庞，微微一笑，然后把手放进口袋里，掏出各种糖果，说："这些糖果放在我的衣兜里，有一百年了……"他把糖果拿出来给我们展示了一会儿，然后又放回衣兜里说："我要把它们保存到我长出牙齿来……如果我现在就把它们吃掉，当我是傻子吗？"

他说完，用右手掌托着脸，笑着离开了。

当我们独处时，我对布伯克尔说我很难过，想稍稍喝上几杯。布伯克尔说他和我有同样的想法……时间有些晚了，市里所有卖酒的店铺都已经关门了。于是我想到了昂提兹，他是我童年时代的朋友，现在做走私麻醉品和酒的生意……他住在位于城区东入口处的法提哈门。他的家紧挨着布哈莱勒山脚下的橄榄田。住在附近的一个小孩给我们引路，把我们带到他家。在这里，你随便询问一个人，这个人不仅会告诉你要打听的人的生活状态，如果你想知道的话，他还会告诉你他所在的部族历史。

昂提兹打开门看到我们时，十分意外，布伯克尔和我靠在他家对面的墙上并排站着。昂提兹主动上前，给我一个热情的拥抱，充满诚挚、亲切和内心的赤诚。他也用同样热情的拥抱问候布伯克尔，然后邀请我们进屋。我委婉地向他道歉，请他卖给我们一些酒，如果他还有的话。但是他先发誓不喝酒，直到我们进门，随后我发现我们的计划是明智的……我征询布伯克尔的意见，是否介意我们一起进屋……

昂提兹正在做晚饭，他友好热情地说道："欢迎你们，我的兄弟麦哈朱卜，今天是个大好日子，有很久没看见你了……我也很少能遇见布伯克尔……"昂提兹家的床很矮，看起来就像是住在附近山路上的穷人家的床，电视机摆放在长条桌上，无声地播放着画面，声音从下面书橱上的收音机里传来，是著名的哈旺乐队在演唱抒情歌曲"忧愁"……

我感到此刻正需要这样的慰藉，需要同哈旺乐队一同高歌："生活其实有很多烦恼。""我用所有的责任来支撑我们的所有苦闷。""我把粗大的钉子钉入忧愁的箱柜，把忧愁埋进坟墓，让恶魔无法从中跑出来。""我焚烧它，让它变成灰烬或是烟沫，我将它扬洒到未知空间，让它不再出现在宇宙的任何角落。""我在乌云中给忧愁挖一口深井，让风吹散乌云，让乌云在生活无法企及的顶峰下雨……"于是我跟着低唱："忧愁啊……忧愁啊……"这时，我突然听到昂提兹在用粗糙的嗓音喊我："麦哈朱卜！麦哈朱卜！"于是，我起身跟着他来到厨房……

厨房里，鹅肝切成薄片，在小火上煎烤，仿佛是一大团红色奶酪被精细地切成若干片……昂提兹放下刀，打开隐藏在冰箱后面的小储藏室，里面装满了各式各样的酒瓶和很多装着酒罐的箱子……在储藏室里，有一个只有他才知道的角落，他把手伸进这个角落的架子里，取出一大块大麻烟，对我说："你看，福利还是有的……你和你朋友今晚是我的贵客……"我说尽管我们是多年老友，由他请客招待我们一起过夜，也是很说不过去的，他请我们共进晚餐，这已经足够了……然而他再次恳求我，发誓一定要共度良宵。他温和地对我说："麦哈朱卜啊，我的兄弟，你是对我有恩的人。"我想，哪怕是在忘恩负义的时代，他也会记得你的恩惠……接着，他提起我们之间的很多往事。有些事情，坦白地说，如果我未曾忘记，那么它们对我来说，一定是个灾难。可是，我们认为灾难的事情，在别人看来，也是这样吗？

他说："有些事情，可能你已经忘记了，但是我永远不会忘记，你教会了我写自己的名字和猜字谜。当我在青年时期第一次被捕时，你是第一个，也是唯一一个到监狱里探望我，为我流泪的朋友。我也不会忘记，在我犯下谋杀罪的那天早晨，你并没有把我和犯下的罪状联系起来，尽管我们生活条件、生活背景不同，你也没有不理睬我。人们对待像我这样的人，有失偏颇，如果人们能像你一样善待我的话，那么每一个被不公平对待的人，都会因为将来其他罪名再次入狱而感到惭愧。"

他提到的这些事情，我完全忘记了。我只记得我们一起犯下了罪行，而他却独自承担了罪状，特意把我推的远远的，让我远离一切嫌疑……当时，他对我说："我的好兄弟麦哈朱卜啊，你应该好好学习，监狱不是你去的地方。"

我至今仍对那个夜晚记忆犹新。那是个七十年代末的一个新年元旦的晚上，我们几个小伙伴相约一起聚会庆祝，有佳瓦德，法林库，哈米杜，阿兹尤兹，昂提兹和我。(他们管我叫哈朱卜)。哈米杜在鲁维达街租了一间小商铺，由于他是个孤儿，无依无靠，无人怜爱，平时就住在商铺里，我们经常到他那一起过夜。这晚，我们为共同过夜准备了两只酸橄榄腌制的母鸡，五公升酒和一些花生……还有一大盒走私烟卷和一截大麻烟，足够在这度过两个夜晚……宵礼①过后，我们就开始夜谈……店铺的地上只铺了一张羊毛毯，于是我们从蔬菜商贩拜卡西姆那要来三个箱子，把箱子摆成沙发的形状，我们面对面坐下……商铺的门虚掩着，只留下一条很窄的缝隙，好让外面的空气进来，里面的烟雾散出去，以便我们彼此能看见对方……我们吃东西，喝酒，抽烟，大笑。佳瓦德说起有一天我们吸了很多大麻，就在布哈莱勒用竹子当刀片给阿兹尤兹剃发……佳瓦德对阿兹尤兹说："那天我们用竹子给你剃发，今天我们就用不沾水的玻璃片给你剃发。"掌酒的人是法林库，他给大家轮番倒酒，当轮到昂提兹时，昂提兹大喊道："你作弊，你没有亲自给我倒酒，你没有给我的酒杯斟满。"

法林库回答说："天啊，我亲自给你斟满酒杯，对待你和其他人一样，我才没作弊……"然后昂提兹抓起酒杯，一饮而尽，向身后倒掉杯里残留的酒，再把空酒杯还给法林库。昂提兹像在生气地同酒的苦味做斗争一样，用左手用力地擦了一下嘴唇。他的表情看起来更狰狞了。接着，他捏碎了一粒橄榄和几粒花生……他喝酒以后，经常失控，时常感到被施压和被侵犯。想要喝醉后保持一个良好的状态，对他来说是不可能的。当我们喝掉四公升啤酒之后，我感觉想去卫生间方便一下。我的内急已经刻不容缓了……我对大家说一会儿就回来，然后离

---

① 伊斯兰教要求穆斯林每天礼拜五次：晨礼、晌礼、晡礼、昏礼和宵礼。拜前，穆斯林必须实行净仪，或曰清心洁体。穆斯林可以单独礼拜，也可以一起礼拜；可以在清真寺礼拜，可以在户外礼拜，也可以在家中礼拜。不过，作为平等和团结的一种展示，与其他信士一同礼拜是可嘉许的。倘若可能，在周五晌礼时间，穆斯林要在清真寺进行聚礼。——王新生：《古兰经与伊斯兰文化》，2009 年 8 月第一版，宁夏人民出版社，第 150 页。

开了……我听到他们异口同声地说："快点，别回来晚了。"

我从商铺出来，刚走出几步，就感到微微的寒冷刺在身上，让我感觉有些发晕和恐惧，于是我靠在路边的第一根电线杆上，任由五脏六腑翻江倒海，吐出的食物和酒的混合物，像红色的西瓜子一样，重重地落在地上……发生这种事情，对我来说已经不是第一次了，但是每当这样呕吐时，我就会感觉有些东西不对劲，要么是吃的食物，要么是喝的酒，要么就是烟吸多了……

我回到家，感觉自己已吐空了，然后换了衣服，不知道时间过了多久。然而当我回去的时候，我看到只有哈米杜在打扫店铺，整理喝空的酒瓶。他对我说："昂提兹正在裁缝铺和人打架呢。"于是我转头向费拉努街区的裁缝铺跑去，手里操着一根粗短的棍棒用来自卫……我看到昂提兹手握一个很大的匕首，正被一个醉汉围攻在角落里，我认识那个醉汉，他当时在车站做搬运工……我情不自禁地冲上去，毫无意识，直到我用尽全身力气，用手里的棍棒从搬运工的背后猛击他手臂，昂提兹用手里的一撮碎玻璃片拍在他的右脸颊上，接着搬运工跟跄倒地，流了好多血，疼得大喊大叫时，我才清醒过来。

昂提兹继续踢他，用脚踢他的头部，直到他失去知觉。当昂提兹想用玻璃碎片插入搬运工脖子时，我拦住了他，然后我们在没人注意的时候，逃走了。因此，当搬运工苏醒过来，缝合脸部，修复断臂时，自然而然将控诉指向了我们。昂提兹随后被捕，而我却躲了起来……昂提兹对他们说全部是他一个人干的，是搬运工打了他，他这么做是为了自我防卫……昂提兹佯称原告比他年长很多，对他进行性骚扰……这个进行性骚扰的辩词，一度让我笑了很久。他们怎么会相信，性骚扰会发生在一个比发狂的动物还粗鲁凶恶、比塑料鞋还黑的人身上呢？除非性骚扰者是那种整日醉生梦死的人……尽管如此，鉴于之前有前科，昂提兹被法院判处六个月有期徒刑。而我，则没有任何嫌疑。一方面，那个倒霉蛋不认识我，因为我是从他身后袭击的。而且那天晚上，我头上戴的礼帽一直遮住了耳朵。另一方面，最重要的，是因为昂提兹，我作为和他共同参与犯罪的嫌疑人，他在审问过程中，完全没有提到我的名字。

我发现布伯克尔感到有些害怕和不安，他每次向我使眼色，都暗示我们快点离开……与嫌疑犯同席，会使你也变得形迹可疑……因此，尽管昂提兹再三坚持和恳求我们留下来一起过夜，我并没有答应，虽然我的内心对他的慷慨热情充满敬意……于是我们带着酒、大麻烟等所有我们需要的装备，离开了昂提兹的家，到另外一个地方去打发这漆黑的夜晚……

我们喝酒时，布伯克尔旁敲侧击地问我："我的兄弟麦哈朱卜啊，给我说说，你难道不考虑回法国了吗？"然后继续说："你刚从法国回来的时候，我以为你会在这待上一段时间，像侨民通常做的那样，回来探望亲人、父母和爱人，然后再回到法国，然而你并没有这么做……"

"不，我再也不回去了……我在法国的生活已经结束了……"我说的有些动情，以至于他继续向我提问时，小心翼翼，生怕触动我更加激动敏感的神经。

"麦哈朱卜老兄啊，请原谅我对你的私生活多管闲事啦，但是你要知道，你对我来说太重要了，我问这些，是很担心你啊……我看到你正在迅速地颓废下去……你是遇到什么麻烦了吗？"

酒劲开始上来了，我心中秘密的花朵，开始含苞绽放，这时的我有揭开面纱的愿望，于是我简略地用一句话回答他：

"我在那失去了一切，我的工作、我的妻子、我的孩子和我的朋友……"

"何不让我安慰你的伤痛，给我讲讲究竟发生了什么事。"

"布伯克尔啊，这个事情关乎尊严问题，我感觉好累……对一个男人来说，让他每日忍受轻视和屈辱，这是十分艰难的，在工作中，在大街上，在电视里，还有在家里……在法国，移民已经变成了贱民……"这些当然不是我回摩洛哥的真正理由，但其中有很大部分是共性问题，我希望布伯克尔给大家传递的是一些生活在欧洲的阿拉伯侨民的共性问题，而不是无法普及的、我个人的失败和挫折……尽管如此，他仍然利用我们之间喝酒尽兴和深厚友情滋生出的亲密氛围，继续挖掘我的故事。

"但是有很多人，麦哈朱卜老兄啊，他们过着灾难般的生活，而有一些人，却过得安乐舒适。"

"不，他们的生活绝不是灾难性的。他们只是在抗争……他们除了坚持和忍耐，别无选择。我承认，我再也无法忍受了。"或许是因为我天生就对任何轻视和侮辱很敏感。要么让我自由高贵地活着，要么让这世界上所有的猴崽子们都下地狱……

为了不让他洞悉我的一些事，我继续狂妄地回答他，不想满足他的好奇心……好奇心是获取信息的基础。然而不是所有的信息都是正确的。我没道理在酒醉的时候，只是为了满足他的好奇心，就去给他讲述我的人生经历，我感觉布伯克尔在我的虚言妄语的围攻下，对我说的话并不是很信服。我承认自己说给他的一切，都是借口，只是为了试图回答他提出的那些棘手的问题……我应该关闭所有我感觉可以从里面透出光芒的缝隙，潜入溜进绽放着虚言妄语和谎言奇谈的秘密花园……他试图用友情、爱和一些空话来使我变得愚笨，放松警惕。然而唯有愚蠢的人，才会轻视其他人的智慧。

我离开法国的真正原因，可以凝练成一句话，起初让我说出这句话，是很痛苦的，布伯克尔并没有感觉到其中的滋味："我在法国的生活结束了"，而我回国，我的痛苦，我的火焰，我的彷徨，我的失落，我的盛怒，我的痴狂，我的不满，我的怨恨，以及我所有的痛苦，其中的原因都归结于"伊莎贝尔"。

我犯错误了，因为和努拉在一起，我背叛了伊莎贝尔，而这个错误，让我为背叛付出了高昂的代价。有一天，她发现了这件事，对她来说是沉重一击，超乎了她的忍耐限度。为了得到她的宽恕，原谅我一时粗鲁莽撞，我找出了所有的理由和借口，然而她都无法接受……

直到最后一刻，她整日在我耳边只重复一句话："你对我不忠诚，自私自利，贪得无厌。我恨你……我恨你。"自私自利，不忠诚，她在气头上说出这些词语，我都可以理解和接受。但是贪得无厌，不是这样的。这个词对我来说是致命伤。我有她就足够了……我当时的境况很艰难，没有工作……所以她对我的影响是很可怕的……我因为一个其他的女人毁掉了她，她又用语言杀死了我。

我被她深深地中伤了……于是我毫不犹豫"砰"地一声摔

门而去，却没有考虑后果……甚至没有考虑我的孩子会因为我的离开，遭受怎样的痛苦，希望当他长大后，最好会明白他的父亲因为背叛妻子犯下了错误，然而他选择了离开，而不是低声下气、卑贱屈辱地继续生活……

第十章

当晚，我直到快天亮时才到家……我也不知道自己是怎么睡着的。第二天早晨，我醒来时已经是十一点了，我头疼得厉害，脸色苍白，姐姐说我们要给母亲转院，送到盖尼特拉去。她说医生今早仔细研究了母亲的病例，写下了转到盖尼特拉森林医院的转院通知……我问自己，我应该积极面对，还是继续临阵脱逃呢？

我满心挫败、抱怨和绝望，相比乐观面对，我真想逃离出去……可是，她是我的母亲啊。我能在这个艰难时刻，丢下她的命运不管吗？除了我和姐姐，她还有谁可以依靠呢？我这一生都很刚毅、机智和勇敢，如今怎能允许自己滑落到怯懦胆小和屈辱卑贱的谷底呢？我可怜的母亲，她这一生中，我让她看到的只有艰难困窘，哪怕她此生只有一次，我能让她在饱受痛苦的灾难中，感受到他的儿子能够为她做点儿事情，我也此生无憾。父母通常只会因为孩子获得成功或赠送给他们礼物而自豪……我说的并不是那些贪心的家长，比如有个父亲有七个子女，他对给他最多钱的儿子说："我的孩子，安拉喜爱你。我生的孩子里，除了你，他们都是讨厌的家伙"。于是今日的孝顺儿子，就变成了明日的逆子。具体情况具体分析……

确实，我现在处境艰难，我能强烈地感觉到自己正在滑向无底深渊，而我的全部抵抗都是那样软弱无力。然而我想，我在这种境况下所做的抵抗，都是为了我的母亲，等同于我攀附一根希望的稻草①，只是为了即将到来的溺亡拖延一点儿时间……

小时候，我在田间追赶蝴蝶，问它们春天结束时，将藏到哪里去？我问蜜蜂，为什么要飞来飞去，不满足于一只花朵的美味？我问雨水，为什么从天空降下雨滴，汇入池塘和河流，只在斜坡处才会往下流？我问星星，为什么只有在夜晚才会闪光发亮？我却从没问过自己，我将到哪里去，或者我的来世今生是什么样子？

快乐和泥土就是我童年的全部……我所有的愿望就是面包、游戏和睡前猜谜语。长大后，我知道了蝴蝶要飞向何方……我知道了蜜蜂的秘密，知道了雨从哪里来，知道了星星为何在夜晚才发光……可是我永远也不知道，为什么长大后我却感觉不到满足？……命中注定我的生活就是一团糟吗？注定我要枕在温暖的乳房上，为遥不可及的欢乐哭泣吗？

我注定要被丢入尘土，倾听风的曲调，追赶翻滚的乌云吗？

为什么月亮在我的心中，只看到会传染的痛？当我把受伤的洞穴指给月亮看，为什么它会怯懦地战抖？

我们雇了一辆大出租车，司机是阿卜杜·萨姆德，是我童

---

① 阿拉伯语中有一句古话：溺水者虽一草亦攀附求生。——译者

70

年时期的邻居……他和他的阿琦尔姨妈住在一起。她的丈夫在农场工作，经常不在家，有时一连外出好几个月。他回家时，会带回来很多福利，有小麦、玉米、洋葱、蚕豆、油、橄榄、无花果干和许多其他东西。阿卜杜·萨姆德俨然成了这个家的男主人。他守卫它，保护它，并慰藉姨妈的孤独……但他也是魔鬼，或者说和我们所有少年一样，处于青春萌动期，我们称之为"狗的发情期"。我们都是如此，手淫之后才会睡觉……阿卜杜·萨姆德的姨妈把他当作自己的儿子，可是这个该死的家伙，每到夜里就幻想着同他姨妈做爱。压制欲望具有另外一种逻辑，而这种逻辑是伦理道德所不允许的。据说，他的姨妈习惯于每天吃完晚饭后，做小净①，跪拜着做祷告，虔诚地祈求安拉让她生一个儿子或者女儿。然后解下腰带，脱下衣服，散开头发，吹灭悬挂在她床边的煤油灯，然后上床睡觉。阿卜杜·萨姆德睡在地板的毛毯上，和姨妈面对面，距离她大约四米远。每到熄灯后，他的脑海里就闪现出姨妈的形象，想象姨妈招呼他到她床上去。他幻想姨妈从床上坐起来，用手温柔地抚摩他的身体，挑逗他的器物，然后脱光衣服，开始亲吻他。姨妈抓住他的胳膊把他往床上拽。她仰卧在床上，岔开两条腿，把他拉到自己的怀里。她让他用手抚摩自己的私处，然后她开始湿润起来。她把玩自己的乳头，并把舌头伸进他的嘴里，在他耳边轻语，要他继续不要停……，要他用力拥抱她，要他晃动她的椰枣树。他摇啊晃啊，直到她呻吟的熟枣纷纷落下，心跳变快，在他面前松软下来，和他七岁时，与正值青春期的邻居家女儿和他做的事情，别无二致……

---

① 小净：洗手到肘，洗脸，漱口，呛鼻，抹头，洗脚到踝。——译者

71

阿卜杜·萨姆德对我说:"那时我听见姨妈在晃动。身下的床跟着她的节奏一起跳舞,摇动得吱吱响。我听见悦耳的和声,然后看见她把手放在身体里,用在蒜罐里捣蒜的节奏,使劲往里按……我想靠近她,卧在她身边,和她交合,但是我怕母亲知道,也怕丑事暴露,于是我只是在我的位置上喘息,直到身体松软下来,然后睡着了……姨妈能感觉到我的难受吗?我不知道。"

如今阿卜杜·萨姆德已经变成了一名令人尊敬的男子,留着山羊胡,由于经常磕头跪拜,额头上有一个金币大小的烙印……尽管这样,当和他商量汽车租金时,我还是和他开玩笑说:"看来和你姨妈的事,安拉已经宽恕你了?"由于没有人能忘记他的这段恶作剧,也没人能够跨越他的过去,于是他看着我,嘴角闪过一丝笑容,说:"你呀你,我的天啊,一点都没变。"然后他继续说:"我可怜的姨妈已经去世了,安拉怜悯她……安拉宽恕我们,接纳我们……我们那段时光太轻率鲁莽,心智年少,还不成熟……安拉让我们变得更好吧。"

我想,信仰是使人内心平静的,乐观是面对生活的唯一力量。那些面对生活的残忍、自然的迫害和奴役的虐待,而从不屈服,坚持反抗的人们,如果没有信仰,是无法继续生活下去的。但任何一种信仰,哪怕是一种思想,都需要信仰者本人为之献身和不断奋斗抗争。

然而像我这样的人,在深井里呐喊求助,希望了解地面上发生的事,却没有人听见他的声音,也没有人向他伸出援手,如何能找到信仰、平静和安宁呢?

我陷入了某种绝望,这种绝望不会促使我以自杀的方式结束生命,但它让我感到无能为力,既无法改变自己对生命的看法,也无法终结生命。我感觉很疲惫、心怀怨恨又筋疲力尽。这种感觉很真实,因为绝望就像一颗杀人不眨眼的毒瘤,猛烈而冷酷无情地击打我身体和精神上的所有免疫系统,这种击打无声无息,直到我咽气身亡。意识到这个毒瘤的存在,并不能遏制它的严重程度和避免其结果的发生。长久以来,为了战胜它,我一直在不同的迷宫中反抗挣扎,然而大风仍然猛烈地吹出绝望之火,于是它在我身体里越燃越旺,每次都会让我抵抗和警戒的全部铠甲化为灰烬。自从意识到自己的存在以来,我的生命便犹如行走在电闪雷鸣的旷野里。我成功地跨越过很多雷区,然而道路越长,我们的警惕性越差,漫长的道路降低了警戒的敏感度,我们最终不得不举手投降。

　　在瓦赞到盖尼特拉的路上,我坐在阿卜杜·萨姆德旁边,姐姐把母亲揽在怀里,坐在后座上……春天里阳光明媚,收音机里传出朗读《古兰经》的声音:"行一个小蚂蚁重的善事者,将见其善报;做一个小蚂蚁重的恶事者,将见其恶报"。[①] 我凝神沉思着这节经文,对周边的声音充耳不闻。我发现这句经文完全概括了宗教的法则……因此我们在生活中,两只手掌就像天秤一样,一只做善事,另外一只做恶事,根据手掌的重量来决定奖惩。当我问自己哪只手掌占了上风时,我感觉两耳发烫。我对这件事在现实生活中的两面性思考了很久,我想:"善与恶的两面性在安拉那里,是很清楚的,但人类的两面性,却是模糊不清的,因为只有权利和利益的逻辑才可以判断

---

① 《古兰经》99:7-8。

73

它……因此在这个基础上，我信仰安拉那里的两面性，但不相信任何人类的两面性……"想到这里，我停止了思考。

从下午三点到宣礼员宣告昏礼，我们一直在医院门口，等待轮到母亲被外科医生推进手术室……急诊大厅挤满了伤者和骨折患者，仿佛我们处在战争时期。每辆救护车上的患者，情况都不一样。当你看到其他人的不幸时，就会为自己的烦恼感到惭愧。而那些在这种环境下辛勤忙碌的医生们，在我看来更伟大了。

一个年轻医生对我说，我从口音听出他是突尼斯人："你们买医疗用品了吗？""还没有，但我已经派人去药店了。"然后我问是不是他本人将要给我母亲做手术，他回答说他是即将毕业的实习医生，手术将由学生团队在一位摩洛哥骨外科专家的指导下进行。我对他说，我在法国的时候，有一群突尼斯朋友，他们都很优秀。我感觉他很高兴，就像任何一个喜欢听到对自己祖国和同胞赞美的人一样。他礼貌地和我道歉，然后在某个大厅里消失了。没过几分钟，他又满面笑容地回到我面前："请跟我来，我先把医院的药借给你，等药买回来了，你再还给我。"我谢过他，然后扶着母亲的胳膊，一起跟他走。在一间偌大的房间里，我看到一名教授身穿绿色上衣和天蓝色的裤子，头戴一顶灰色的塑料帽，脚穿白色的轻便运动鞋……另外三名医生穿着一样的白色大褂和各不相同的裤子，脚穿平底的轻便鞋，围绕在教授身边，认真听他讲解……他像服务行业的工作人员一样微笑着，向我们走来。他和母亲说话时很温和，对她的病情表现得十分关切，言谈中还安抚着母亲的焦虑和疼痛……每个领域的大人物，都很朴实谦逊，我心里这样想。教授指示其中一名医生脱去母亲手上的石膏。于是这名医生把母亲带到房间角落里的小桌前，从这个角落，刚好可以俯瞰到楼下的小花园。另外一名医生过来帮他用一把大剪刀把石膏从下往上剪开，为了不给母亲增添更多的疼痛，他小心翼翼地打开石膏，就像打开仙人掌果一样。

母亲从手腕到手指，都已经肿胀充血……当教授看到母亲的手，便把脸转向我，嫌弃又愤慨地问："这是谁干的好事？"我回答是瓦赞市中心医院的一名护士处理的……他叹了一口气，眼睛里闪烁出很多不满。他心里想到的一定是自己医学和骨外科的求学历程，他在骨外科领域的经验，和这些经验要求他在工作中所必备的奉献精神以及常年勤勉认真、持之以恒和努力忘我的素养。而有个人不知羞耻地来了，连基础的骨架基本知识都没学过，就趴在十分精密的医学领域里，用水和石膏接骨，仿佛是在堆砌被遗忘的坟墓，而不是医治某个活人的肢体……

教授从我手中接过母亲的 X 光片，然后让我在门外等候，他们马上给母亲做手术。我对母亲说：别怕……安拉保佑，一切都会顺利的。我走了出来，医生们一起把惊弓之鸟般的母亲带进手术室。

我和姐姐、阿卜杜·萨姆德一起在手术室门外等候，虽然我们在聊天，但在类似这种情况下，我更宁愿自己独处……孤独可以给我们充足的时间来审视生活中遇到的麻烦，并以最低限度的客观性来应对它……我不知道等了多久，才看见母亲从手术室里出来了，她手上的绷带被精心缠好挂在脖子上，在医生的陪同下站在手术室门口张望，寻找我们。然而已经天黑了，城市的灯光变成了黑色天空中闪耀的繁星……那名医生面带笑容，亲切温和，安慰我说手术做得非常理想，母亲只需要一个半月的休息和服药，就可以脱去手臂上的夹板了……他从我手中拿走暂时借给我的药，然后热情地向我道别，就离开了……

在回去的路上，阿卜杜·萨姆德不停地讲在瓦赞和郊区知名的一位接骨医生，他只使用芦苇作夹板，外面缠上鸡蛋、面粉混合物和羊毛制成的织物。他说这个人从他的祖辈那里遗传到了很大福气。有一天早晨，他给一只腿骨折的母绵羊接骨，还没到傍晚，母绵羊就可以四处走动了，仿佛从没受过伤……于是我嘲讽他说："哎呦，阿卜杜·萨姆德先生，哎呦，阿卜杜·萨姆德先生，我看你是在拿我的母亲和母绵羊做比较，那你这位医生的福气让你等同于牲口还是人类，还是什么？"他马上更正说："万万不能！求安拉保佑，远离该死的魔鬼，我不是这个意思……我只是想说这个人在接骨方面具有很多的经验，而且不用患者花费什么开销，比如我看到你们今天花的这些钱，在他那里只要巴掌大的也就够了……据说，官方机构建议他开一个治疗骨折的私人诊所，但是他拒绝了，因为他认为，保留和延续他的福气，是要以做善举和无偿为他人做善事为代价的……"接下来是一片可怕的沉默。他继续说："不要忘了你母亲和我母亲一样，她养育了我，我只能通过做善事来爱她……"

我不想同阿卜杜·萨姆德在这场没有结果的争辩中，围绕互联网时代里的福气和它最初的作用再深入讨论下去……因为类似于这种事，只有某种意识存在和延续的情况下，才会生根发芽。而这种意识已被现实的残酷和时光的飞逝打败，被贫穷、愚昧和疾病劫掠。于是，我开始同情他，因为我的想法或许会打破他内心的平静和精神的安宁……我的想法或许已经背离了宗教……在这涣散迷失的年代，每个人都在以适合自己的方式寻找平衡……我从没有劝告过任何人……生活是一种艰难的体验，每个人都在以自己喜欢的方式投入到这场体验中……危险不在于自由本身，而在于被赋予自由……一个接受过教育要捍卫自由的人，如果自由在他的灵魂中已经根深蒂固的话，那么自由便成了责任的代名词，就如同权利和义务是相对应的。阿卜杜·萨姆德选择了适合自己的方式，而我选择了使自己毁灭的方式。难道我没有权利这样做吗？

正是由于这个原因，在返程的路途上，我继续保持沉默，要么低着头，要么听他们在车上聊天……经验告诉我，如果彼此的出发点相距甚远且背道而驰，那么最好在一开始就缩短距离并果断结束，因为越晚结束，越会在执行的各方之间产生更多紧张和冲突。两条互不交叉的平行线，直到抵达各自无尽的终点，也一直保持平行。很多相距甚远又相互平行的思想，如同火车轨道一般，要善加利用，使火车能够继续行驶，安全抵达远方的目的地。持有不同想法的人们，就像是继续驶向远方的交通工具。从某种意义上说，每个偏执的敌对思想者，都是坐骑或者交通工具。然而生活和周围的环境推动我们前行，使我们变成了对方思想的支持者。一定存在某种方式，能够让我们相信它的正确性和必要性。

尽管天色已晚，阿卜杜·萨姆德还是以每小时超过一百公里的速度行驶，对于盖尼特拉和瓦赞之间的路况而言，这个速度快得让人难以接受。然而在我看来，他像是个毒品走私犯，习惯于以最快速度奔赴目的地……我要求他开得稍慢一些，他说："这条路啊，我的车子已经烂熟于心了，它几乎可以不需要司机，在这盘山路上独自行驶……所以放心吧……安拉保佑，我们会平安到家的。"于是我对他说：

"我的舅舅，安拉怜悯他，曾经也说过这样的话。他每周四都骑着骡子从村里出来，到集市上去……他有时在家和我们一起，有时独自在集市上吃午餐。太阳下山后，他开始从集市往回赶，这时他会在骡子驼载的包裹里装满一星期的粮食和生活用品，通常是一些糖块，几盒茶叶、咖啡和食用油，还有数量不多的鱼、灯油、蜡烛和燃料，收音机电池，和一些家用的稀泥或者塑料，还有一些农具必需品，比如绳子、镰刀和厩肥之类……如果没有带妻子一起来集市的话，他也不会忘了妻子，对孩子们也是这样，他会给孩子们买彩色的糖果。（郊区的女人像孩子一样，对糖果情有独钟……），然后他骑在骡子"莱尔姆德"的背上，向村子的方向出发了，他的村子距离市区只有几公里远……市郊经常会有盗贼和儿童扒手出没，他们伺机埋伏在郊区山路的转弯处或者城市出口的地方，将牲口背上驮的行囊尽其所有地洗劫一空。骡子刚走出市郊地带，舅舅便任由骡子在奔向农庄的路上疾驰，放心地把头缩进长袍的衣领里，在骡子背上摇头晃脑，美美地打起盹来……

舅舅时常有事没事就对他的骡子称赞一番，他说："我有一头骡子呀，不仅认识回家的路，还烂熟于心呀，凭着本能和直觉，闭着眼就能找回家呀。"通常他还加上一句："我们凭洞察力可以看见肉眼看不见的东西"。由于从集市到家的遥远路途会让他感到困乏，于是他整路都安心地骑在骡子上打盹，直到骡子进了农庄的家门，他才睁开眼睛……直到一个星期四的下午，不知道什么原因，骡子偏离了主路，并没有像往常一样穿过瓦赞市到舅舅村庄之间的田地和山区……骡子走到一棵树下，有根树枝在地面上横着伸了出来，就像人行道上的隔离护栏一样。"斜眼的"骡子突然加快脚步，这时我舅舅在他小寐的天空中看到了很多星星，嘴里发出"哼"的一声，便像面粉袋一样，被皱起的长袍包裹着重重摔落在地上……他嘴里重复念叨着："安拉啊，保佑我平安……安拉啊，保佑我平安……"然后站起来，摸摸他的四肢……"我的肋骨都要摔碎了……我的肋骨……"这时，骡子还在继续往前走，背上却因为没了可恶的舅舅，减轻了许多负担。

　　我讨厌舅舅，永远也忘不了那一天中午，他是怎样对待我的……当时我还不到五岁，舅舅刚结婚不久，来我家做客。他和他妻子在房间里，我走了进去，发现他们两人紧紧粘在一起，她四肢摊开躺在地上，他咬住自己的衣角，骑在她身上，好像想勒死她一样。据说山区居民从不亲吻妻子，因为他们在交合时，嘴忙着咬住掀到脖子上的衣角……他突然牙齿松开衣角，猛地站起来，速度快得吓我一跳，然后用他粗糙的大手把我从身后拎起，就像抓住一只小狗一样，怒气冲冲地把我扔到院子中央，转身回到房间，关上了房门……我目瞪口呆，吓得说不出话来，我没哭，也没和任何人抱怨过这件事……我感觉自己犯了错误，理应受到这样的惩罚……在当时的年纪，我还什么都不懂……长大后我才知道，粗鲁无礼的舅舅当时是在和他的妻子做爱。我讨厌他，永远也忘不了他当时对我的一举一动，粗暴而且满怀愤怒。

自从舅舅从骡子背上摔下来以后，在讲骡子故事时，结尾还会用他山里人特有的腔调补充道："洞察力和视力啊，安拉保佑，愿我们平安。"

阿卜杜·萨姆德感觉被我的话扎了一下，刺痛感在他周身蔓延开来，长叹一声，回答我说："安拉保佑我们平安。"

这回轮到我笑了，我想到舅舅的骡子和阿卜杜·萨姆德车子的眼力，下意识地用勉强听得见的声音说："一个是对骡子的记忆力很放心，一个是相信汽车的蹄子……我们应该说：'安拉保佑我们安好。'"接下来我便没再讲话……当我们进入瓦赞时，还不到晚上十点……阿卜杜·萨姆德比舅舅的骡子还要倔强，我要感谢安拉没有让他的汽车像骡子一样走到一棵横着伸出弯曲树枝的树下……

和平日整夜无梦的情况相反，这天夜里，我做了个很长很甜美的梦，我做过的梦从来没有这么长……我以往在梦中见到的，只有无尽的梦魇。这天我梦见自己因为手骨折，躺在医院的病床上。太阳已经落山，亲友的探视时间已经结束，我一个人待在病房里……病房里的另一张床空着，没有人住。病房的门开着，一名三十多岁的女子悄悄溜了进来，眼神躲闪，迷茫地站在屋子中间，仿佛是在寻找某个人。当她确认我是这个病房里唯一的患者时，嘴角露出一个甜美的微笑，然后走到我的床边。我躺在枕头上，手用绷带挂在脖子上，对她回以微笑，表示欢迎。她问我一个问题，开启了我俩之间的对话：

"没有人来探望你吗？"

"有啊，他们不久前刚离开医院。"

我正准备吃午餐：红烧土鸡和马铃薯煎羊肉。她看了看我旁边小药桌上的水果盘、一瓶矿泉水、一罐鲜奶、果酱和果汁，接着对我说：

"今天来探望你的人多吗？他们爱你吗？"

我点了点头，回答她说是的。我暗想："爱不是用人数、包裹数和公里数来衡量的。"

"你喜欢我喂给你吃吗？"

我有些惊讶和感到意外，从没想过被人喂着吃。我不认识这个女人，在今天之前，她从没探视过我，我们彼此也没说过话。我感觉晕乎乎的，尴尬地对她说：

"我很荣幸……但是不烦劳你了，我可以自己吃的。"

"你对我不满意吗？"

"正相反。我只是不想让自己麻烦任何人。"

"我的先生，你只管好好休息吧……"

她说着，一边把第一口食物放进我的嘴里……我没有拒绝。她是我平生遇到的第一个让我享受如此优待的女人……我曾经在电影里见过热恋中的女人宠爱她的情人，给他喂饭吃，但我从没梦想过有一天我也会受到这样的待遇……我有自己的饮食习惯和用餐方式，只有我独自吃饭时，才会照此进行……我练习多年的瑜伽，教会了我要安静地吃饭，细嚼慢咽，不能往胃里吞任何东西……在瑜伽人的眼中，胃就像寺庙一样，不能随便进入。

当我开始咀嚼时，她注意到我并没有马上咽下去，于是坐在我的床边，问道：

"你不饿吗？"

"你美极了，仅仅你在我身边，就足以让我感觉饱了……"

她没有回答我，而是把一小块肉放进我嘴里，仿佛对我说："先填饱肚子吧，你还没有你的食物重呢。"

坦白说，刚开始我是很饿的，胃口大开，但是当她接近我，用她的身体触碰我的身体，一直盯着我的眼睛看时，我便感觉很饱了，感觉一股热流蔓延到我的四肢和体内，嘴里不自觉在流口水，喉结不停地上下移动，吞咽口水……她的体香、美丽、神秘、美好、笑容，她凸起的乳房和她的智慧，所有这些都使我的食欲消失殆尽，撩拨着我的欲望之火，越燃越旺。我想抚摩她的手，亲吻她，紧紧抱住她，甚至紧到把她的肋骨捏碎，我想用指尖穿过她垂在肩上丝绸般的乌黑长发……关键是我现在头晕眼花。瑜伽的专注只有在独处和饥饿时才会起作用……面对这样的美人儿，让我如何能够按照瑜伽人的嘱托，坚持每次咀嚼三十三下，再把食物咽下去呢……这不是痴傻和浪费时间么？所以去他的瑜伽、瑜伽人和他们的生活方式，让他们下火狱吧……

我们被笼罩在葬礼般的沉默中。我们相互影响着对方。我能感觉到她对我的强烈影响，使我麻醉沉迷，心荡神驰，将我送往另一个世界，带我飞向遥远的天空，在那里我看不见任何人，也听不到任何人的声音……

她诡谲一笑，对我说：

"我看你完全停下来了。怎么不吃了？"

我试图说话，但是我的手抢先表达了感情，战抖着落到她的手上，然后僵硬得一动不动。我的视线淹没在她眼睛的湖泊里，试图穿透她的内心，搅动她平静的湖泊，俯瞰她湖底的珍宝……刹那间，她的湖水满溢泛滥，欲望的海浪在我岸边的岩石上拍打，于是亲吻的浪花四溅，在整间病房中弥漫……她轻轻地吻了我……接着用力吻我……然后又猛烈地吻我……是她吻了我……而我并没有吻她……天啊，我竟然没有吻她……她只是等待我倒在床上，好来亲吻我……请相信我吧，朋友们，女人不总是被动接受的一方……她就是另外一种类型，只要她想，她就会主动起来……

病房门关着，房间里除了我们俩，没有任何人……我们就像是赶在化为灰烬、被大风扬尘吹散之前，从生命中偷走燃烧瞬间的人……快乐是无家可归人士的家乡，温暖的怀抱是失去土地人士的故土……此时此刻，我正在拥抱我的快乐、家乡和温暖的怀抱……当男人被美女包围时，就会意志薄弱……并不是每个女人都很美丽有趣……很多美女是乏味无趣的……但是这个女人兼具了这两点，美丽又饶有趣味……她吐气如兰，用她的脸庞和身体包围着我，在我的头上播撒她的财宝……有哪个男人被这样美好的女子环绕，还能够记得火狱？

被女人抱在怀里的时间，就如同空气的河流，快速流淌，直到时间已逝，我还意犹未尽……

这时护士突然走了进来，她看见女人正在玩弄我骨折的手指……我的手指顿时从白色绷带的外面歪扭出来，就像乌龟从龟壳下面探出的头一样……受压抑的护士看到我们亲密的样子，一定会感到不悦，于是我用生硬恼怒的腔调对女人说：

"探视时间已经结束了吧？"

女人直接看着护士的眼睛，脸颊上绽放的玫瑰微微褪去红色，神情中仍有些尴尬，平静温和地对护士说：

"我知道探视时间已经结束了，但是如你所见，这位先生的手骨折了，我在家人离开之后留下来给他喂饭……他吃完饭我就马上离开……放心吧。"

"请你快一点吧，医生们就要开始查房了……他们不喜欢在工作期间看见访客……你明白吗？"

"稍等一会儿我就走……"女人回答护士说。

护士走出病房，用力地把门关在身后……她这样做是以她的方式让我们明白，两个男女之间的私会是不正常的，哪怕其中一个是卧床的病人……

女人警惕地左右环顾了一下，仿佛一只在阳光洒满的院落里接近面包块的小鸟，周围有孩子们在嬉戏打闹，有小鸟们飞翔驻足，而这只小鸟，则小心翼翼。随即她迅速给了我一个热情的吻，释放出她所有的热情、欲望和爱，然后用她的手抚摩着我骨折的手，说："我们一定会再见的。一定会的。"然后她转身走了出去。我神情恍惚，仿佛被泰森一拳打在了太阳穴上。我没有问她的名字，也没问过她的情况，是已婚还是离婚了？她是有自己的工作还是妓女？我什么都没问……仿佛我从她手里吃到的面包是在驴背上和的面，她口中重复说："快……快……走啊……走。"我实在是不知道和这个女人的故事是如何开始，又是如何结束的。这一切的始终都在一瞬间。

第二天，几乎是在同样的时间……我的家人、朋友、邻居和一些熟人刚离开我的病房……她就悄悄溜了进来，仿佛她一直躲在门口，等着最后一个人离开……她确定房间里除了我和该死的情欲魔鬼以外，并无其他人之后，便走进了病房。她为了接近我，并没有使用计谋，或是刻意做什么，她对自己非常自信，只是在做她想做的……她坐在我身边，把我揽入怀中，在我的嘴上用力亲了一下，眼神一直盯着我的眼睛看。她是爱上我了吗？她是曾经暗恋我，终于找到这个难得的机会向我表白吗？她是在用这种方式，把她的爱施舍给我这样的病人吗？她是沉溺于男人，无论在哪里都会去捕获男人吗？所有发生的这一切，和我有关系吗？我是下意识被她引诱了吗？通常都是女人不知不觉被男人诱惑，可是反过来也是真实的吗？我想问她一些问题，然而我心里想："现在是时候吗？"

我不想某一天听见别人对我说："夏天来了，你把鲜奶弄丢了。"我会在夏天把她的鲜奶一饮而尽，如果其他季节还有存余的话，我会留在冬天享用。我把嘴唇伸到她面前，她美酒般的香唇散发出成熟和蜂蜜的香气……一瞬间，我不得不停下来，她看着我的眼睛说：

"你必须要跟我走，你应该待在家里，而不是医院……"

"我要跟你去哪儿？我不能离开这……"

"我会在医院门口等你……我姐姐家里没人，钥匙在我手上……我们有这样的机会，不能坐失良机……你可以傍晚再回到病房。我会等你的，明白了吗？"

她丢下我，自己先离开了……我感觉欲火中烧，仿佛自己是火上煎煮的奶壶……马上就要溢出来了。为了这样一个女

85

子，我不仅要放弃医院，还要放弃今生和后世……我迅速把我的必需品收拾了一下，堆放在病床的一角。我穿上外套，把托着夹板的骨折的手藏进外套下面，然后走了出去。

我们叫了一辆出租车……她把街区地址告诉司机，我们便乘车离开了。在出租车里，我们也没有停止互相抚摩……下车时，她对我说：

"你跟在我后面，我先走。我打开门进屋以后，你等一下再进去，以免被人注意到……"

随后，我推开门，走了进去……我把门敞开着留在身后，没有关上。

我看见她四肢伸开躺在床上，我像做贼一样，感到害怕极了。我不知道盗贼们是如何在惶恐不安中度日的？她看起来很平静。她的欲望之火在熊熊燃烧……我把奶壶放在火上，向她缴枪投降……我们俩谁都不知道自己在做什么……因为在这种状态下还有意识的人，只是在手淫。性爱是飘飘欲仙，是失去知觉，是头晕目眩，是欲仙欲死……鲜奶从奶壶里溢了出来，奶壶下面的火被浇灭了……于是我甘愿臣服在身体瘫软和气喘吁吁的乐趣之下。

她睁开眼睛，笑着对我说：

"我还想要，不要拒绝我好不好？"

"什么再来一次，我火上的奶壶溢出来，把坩埚都浇灭了，难道还没有满足你吗？"

"我想从后面咬你。"

"什么?!……是哪个告诉你这样做吗？还是因为你是犬类的后代？"

"求你了……求你了……"

她一边说着，一边靠近我，她是认真的，完全没有开玩笑。她想让小母狗立刻咬我一口……我看见过很多动物在交媾时相互撕咬，但我从没见过哪只动物从后面咬屁股的……我认识一个可怜的搬运工，有一次从突然停下的驴子上摔了下来，他失望之极便从后面咬了驴子的屁股……这个女人，哦，她简直是安拉派来折磨我的，难道和咬那头倔驴屁股的那个人一样顽固任性吗？我开玩笑地呵斥她说："天杀的东西，快起来，把你的衣服穿上……安拉让你变成丑八怪了。"

我转过身去，后背面向她，清洗壶里残余的鲜奶，就发现自己不自觉地尖叫起来……她像咬驴子屁股的搬运工似的，咬起我来……她爬到我身上，嘴巴张得像鳄鱼一样，开始咬我的后面……我推开她，笑着说："你应该像其他人一样，在行事之前先祈求安拉让你们提防对欢愉的贪婪……你这个女人已经发狂了，我要立即回医院，不是为了治疗我的骨折，而是要让他们给我注射狂犬疫苗。"

我在她身边闻了闻，她要笑死了……她对我说："你的肉真美味……天啊！你的肉略带有盐味……我又想从后面咬你了……"

顷刻间，她变成了一只青面獠牙的动物，趴在我身上，和神话传说中的野兽一样，牙齿要比小鳄鱼的牙大很多，看起来杀人不眨眼，让我毛骨悚然。这时，我突然从梦中惊醒，发现自己正在用双手紧紧抓住我的食物，我自嘲着说："这是我仅存的资产了，这只母猪还想一口把它吞下，什么都不给我留下……还有什么东西是适合穷光蛋的？"

我凝视着天花板，试图回想梦中探视我的女子的容貌，抓住她美丽的倩影，以此来寻求慰藉，可是过了不一会儿，我就听到重重的敲铁门的声音，震得我直在床上发抖……"铛……铛……铛……"从美梦到梦魇。我记得我父亲，在这种时候经常会说："欢乐与伤痛之间只相隔几个手指的距离"，而我则说："美梦和梦魇之间只相隔……在美梦中还保持昂首挺胸，刚毅坚忍和扬扬得意的姿态，到了梦魇中便不堪一击或一咬，像被折断的树枝一样垂头丧气。"

　　敲门声连续不断，起初我还以为是在敲我家的门，当听到从山路上传来的嘶喊和谩骂声时，我确信这是发生在黎明前的一场骚乱，敲门声离我家并不远，一定是发生了厮杀和搏斗。

　　醉汉东倒西歪地走在黑暗的小路上，每天夜里都不停滋扰周围的居民，他们凶残地厮杀搏斗，徒劳地大声喊叫，开重口味的玩笑。这天夜里，我没有喝醉，也没有打扰任何人……陪母亲去盖尼特拉的旅途让我感到筋疲力尽，只想安稳地睡一觉。正因为如此，我想到，唯有当恐惧已经发生在别人身上时，我们才会察觉出漫布到我们身边的恐惧。

　　有好多次，我都亲眼看到、听见几个醉汉在我们街区的山路上，用印地语唱歌，仿佛表示同意似的挥动双手，模仿印度电影里英雄的样子，在喜马拉雅山峰上，在他的情人耳边窃窃私语……有些醉汉酒后更加哀愁，便试图加强重音以表达他的感情……然而由于他的喉咙粗糙，嗓音粗鲁，嗓门又大，便只适合在街头小巷兜售鲜鱼，对人们大声喊："鲑鱼……鲑鱼……"而完全不适合唱歌。然而有天夜里发生的情景，差点把我给笑死。当时，一个被我们称为"贾比罗"的少年，夜晚喝了酒，酒精已经开始起作用了，对女友的相思和热望使他的内心躁动不已，女友的美貌和身体令他神魂颠倒，然而女友却抛弃了他，和另外一个男人结了婚。于是，他想用山里人的大嗓门给我们唱歌听，唱的是著名艺术家穆罕默德·阿鲁斯的一首名曲，回旋曲^①的第一句是这样唱的：

> 我们把爱情的高脚杯摔碎，把玻璃碎片洒入大海，
>
> 你应该停止这种恶劣行为，我要让人们都来看一看

然而这可怜的人儿唱起歌来，只是扯着嗓门喊，每句歌词都拖长音，每句的音调、重音和音阶都不准确，他刚唱个开头部分，一只鼻孔就溢出了白色的鼻涕泡，鼻涕泡的油脂在左脸颊和嘴角上绽放开来。然后他便默不作声。当他忙着用袖子擦拭脸上的鼻涕泡时，我们像炮弹爆炸一般，哄堂大笑。毫无疑问，周围好多居民都在深夜里被我们吵醒了……

我们同伴中的一个猴崽子止住大家的笑声，让他继续学驴子叫，说："贾比罗啊，阿鲁斯送给你一个喇叭，你这一生除了唱歌和驴鸣以外，再没有其他擅长的事情了……"

我的母亲也被这五更时分外面的痛哭和嘶喊惊醒了。这可怜的人儿此时想到的第一件事，就是大声呼唤我："麦哈朱卜……麦哈朱卜……我的儿啊，安拉嘉许你，千万不要出门啊……"

我没有理会她的叮嘱。有时劝告对我来说就像咒骂一

---

① 回旋曲，反复重唱的一种民歌。——译者

样……我明白她作为母亲的心情，我也理解她对我的担忧，但我也知道，她非常清楚我的脑袋要比被洪水急流从高处冲刷下的磐石还要坚硬顽固。当我决意想做某件事时，我会只去做我想做的。我承认自己常常为此付出昂贵的代价，母亲为我付出的母性代价也因此加倍，可是，这就是我……就像这就是母亲的角色一样。要是只有愿意承担子女烦恼和困难的人，才有资格去生孩子，该有多好啊！

痛哭和嘶喊声就发生在离我家不远的地方，夹杂着宗教和教义、下流话，所有这些最终汇聚到我的耳边，都变成了对骂。

在我家屋顶的阳台上，我把头伸出墙外，左右转动脑袋，就像一只被仰面抛下的乌龟，把脑袋伸出龟壳，寻找地面一样……声音从山顶处传来……我感觉有很多邻居都躲在自己家墙后，从窗口向下看。所有人都变得小心翼翼，害怕把自己卷入一场通常情况下不会平安收场的恶性事件中。所有人的座右铭都变得像昂提兹的忠告一样……每当我想涉足和我无关的事情时，他都会对我说："公牛的屁股你不要管，就算是驴子破坏了它的贞操，和你有什么关系……你就在旁边看着，不要讲话。"

突然，我看到一个男人在地上做了个空翻，试图逃跑，另一个男人跟在他身后，右手持剑，左手握刀……这个男人在四处乱撞。试图逃跑的男人被后者追上了，他惊慌地站起来，苦苦央求着，突然使出全身力气，冲向山路的斜坡。然而由于酒精发作和恐惧的缘故，他的两只小腿发软，无法承载自身的重量，又一次摔倒在地……直到我听见奔跑和叫喊声从山顶传来……持刀剑的人看到有其他人过来，便拔腿窜逃，枪林弹雨般的石块跟在他身后飞来，就像无休无止的狂风暴雨一般……过了几分钟，山路上又恢复了往日的平静。但是我却久久无法入睡……我看到的这些，只是压抑在更大暴力愤怒之下的寥寥星星之火……与此同时，明显可以看出，我们已经血管堵塞，血液循环不畅了。

第十一章

第二天早晨，我从家里出来，偶然遇见塔玛的母亲，被她拦住了去路。她并没有问我早安，或是祝福晚安，也没有问候我的母亲，而是直接对我说：

"麦哈朱卜，我的孩子啊，他们打我们了，他们打我们了……"

我以为她在说昨天夜里发生的事，但是从她的言语中听出，她说的是另外一件事……

塔玛的母亲在一清早，想对我说什么呢？她拦住我的本意是什么呢？我已经很久没有留心倾听别人说话了。那么是谁打了我们呢？从她的话语中可以嗅出一丝味道，就是她所说的打我们，是指所有人，而并不是指某一个人，当她强调说"打我们，打我们……"的时候，说得咬牙切齿，十分愤怒，看得出这件事是有多么可怕和骇人听闻。

"塔玛阿姨，请给我说说，谁打我们了？"我问道。

"我们这来了一群异教徒……"接着，她悄声对我说："昨天夜里，达尔贝达①受到炸弹袭击了……我儿子艾哈迈德在电话里告诉我的……他今天清早从达尔贝达给我打电话，安拉嘉许他，让我对他放心……"

我当时刚从家里走出来，眼前一片昏暗，双耳沉重，大脑里充斥着黑色乌云的梦魇。我没吃早餐，也没吸上一根烟……因此我惊异地张开嘴巴，凝视着她，对于知晓究竟发生了什么，没有一点儿准备。然而我也没有准备和任何人讲话。我把手从她手里抽回来，正打算离开，就听到她诅咒道"安拉让他们遭受灾难，使我们饱食，怜悯苦行者，不让他们遭受灾难。"

我没有做任何评论，因为我并不了解究竟发生了什么……那一刻，我也没有做好去了解的准备……我已经被红色的精灵打击很久了……

阿迪尔区是瓦赞市最美丽、最繁华的街区，我坐在这里布哈莱勒山对面的咖啡馆里，要了一份分离咖啡，牛奶和咖啡各是单独一份，我同时需要它们。咖啡是我吃早餐时喝的，牛奶则是我伴着早晨美味的香烟一同享用的……咖啡馆里只有几个来自城市白领阶层的顾客，正在闲聊……据我看来，刚才路上塔玛母亲和我说的爆炸事件，是这里所有人聊天的新话题……我刚坐下不一会儿，服务员就打开了咖啡馆角落里的电视，就像神奇的装饰品一样悬挂在那，里面播放着十分清晰却很恐怖的彩色画面……所有的咖啡馆都是如此，一定会有一台电视机悬挂在某个角落，正如顾客们观看足球比赛那样，也可以观看

---

① 达尔贝达，原名卡萨布兰卡，位于摩洛哥西部大西洋沿岸，是摩洛哥历史名城，全国最大的港口城市、经济中心和交通枢纽，被誉为"摩洛哥之肺""大西洋新娘"。——译者

杀戮的场面。所有人都从这个特殊的窗口观看外部世界，仿佛这里或那里发生的事情，都与他们无关。

其中一个电视频道对达尔贝达发生的爆炸事件，进行了详细报道，于是，我周围充斥着喧嚣嘈杂的声音……电视画面上的废墟令人胆战心惊，说明这场杀戮十分残暴……警察惊愕地注视着现场，在他们的目光背后，我看到了震撼内心深处的惊恐不安。从警察的行动中，我看到了真正的恐惧。这座城市还是第一次遭受如此猛烈的袭击……背叛非常可怕，而遭受打击，令人痛苦不堪……

我的脑海中闪过许多疑问，于是我在恍惚中陷入沉思。我们已经跨越了被大海拥抱的阶段，到达了用毁坏建筑、撼动孩童纯真本性的炸药，来拥抱彼此的阶段了吗？

现在是陷入了绝望，还是到达了顶峰呢？单是绝望就足以加深我们内心的仇恨、厌恶和对死亡的爱吗？这个国家居住着数百万天真淳朴、慷慨友好、心怀感恩的人们，一旦卷入杀戮和叛乱的旋涡，会对谁有利呢？

若失去了和平与安宁，生活还有什么意义呢？我想，一个人可以放弃吃饭、穿衣、住宿和医疗的权利，但是他无法忍受，也不能放弃拥有安全与和平的权利。我有一个阿尔及利亚朋友，终日生活在他们国家的暴力恐惧中，他说："所有问题都有解决办法，唯有恐惧，如果致命的危险在你周围真实存在，是没有办法克服的……"或许我可以理解那些被压迫或被欺凌的人，或是失业者，或是反抗者，他们用所有的勇气来行使自己去抗议、愤怒和与敌人厮杀的权利，但是我无法理解，也无法领会，有人仅是因为杀死一些无辜者，便去选择自杀，无论这些人的信仰、教派、种族是什么，也无论他们秉持的意见与他如何不同……还是如你所见，极端主义潮流的狂风已经开始从深谷向我们刮来，而其后果，就是造成了这些损失吗？

我在读大学一年级的时候，才从童年时期一直笼罩的黑暗隧道中走出来……穷困、暴力和无数的灰色犯罪，就是隧道的全部。体育锻炼的一个很大好处，就是可以改变我的生活轨迹，将我的生活轨道转向其他方向，可以修正我的行为，吸收能量，重塑自我……然而它也差一点把我扔进一个更加漆黑、昏暗的隧道……

我的一个朋友，从不学习，但是他和我那些经常惹怒父亲的其他朋友不同，为人友善、慷慨，品行端正，酷爱阅读，坚持在规定时间做礼拜……我养成做礼拜的习惯，就是得益于他……那段时间，我们住在清真寺里，常听当时十分流行的亭屋磁带，坚持阅读一些从东方传来的宗教书籍和杂志……

有一天晚上，青年社举办了一场关于妇女自由主题的研讨会。出席人员中有很多学生、教师和专家，还有一些杰出女性和知识分子，也有从其他城市赶来参加的。那段时间，文化活动会延伸至政治和意识形态领域，会有实力派的重量级人物出席。这可以从每场文化活动所记录的出席人员数量和级别中，清楚地看出来……当讨论的大门被打开时，我不知道自己哪里来的勇气，拿起麦克风，开始否认那些关于女性自由的言论，把她们形容得丑陋不堪，像鹦鹉学舌一样反刍着我在磁带里听到并且背诵下来的话，我其实并不了解，也没有让人信服的理由，说明女人应该具有怎样的品德，但我发言中表达了对妇女从家里解放出来，外出工作的反对意见……奇怪的是，我在发言中，十分自信地引用了很多《古兰经》章节、先知圣训和很多诗歌，就像一个狂热的伊斯兰教法律学家一样，但是我的推断和论证是错误的。

我刚一结束讲话，坐回我的座位上时，就感到被一些愤怒的眼神包围了，还有一些留着胡须的男人向我投来赞赏和尊敬的目光，赞成拥护我。由于我们只会关注那些鼓励我们、支持我们雄心壮志的人，于是我避开了那些敌对的目光，对赞成我的人面露喜色，我从他们的眼神和指尖手势所透露出来的钦佩和赞美目光中，感觉到他们和我想法一致，是同道中人。

其中一个人夸张地在我耳边悄声说："安拉奖励你的善行，你做得很好，给那些假装虔诚的人上了一课……"听了这番话，我感到骄傲而自满，兴高采烈，以至于都没有听到其他讲座人的演讲，他们或许在痛斥谴责和中伤我。

讲座结束时，我带着今晚斩获的自豪感，得意扬扬地走出报告厅。其中一个蓄山羊胡的青年向我走来，好像认识我似的……他向我介绍自己。他说，他叫胡赛因，接着他和我聊起刚才的讲座，看似无意地向我问道：

"你做礼拜吗？"

"是的，我已经向安拉悔罪好几个月了……我以前没有走上正途。"

"太好了。我们早晨会在拉姆勒区清真寺做礼拜，如果你不介意的话，我们希望你能加入到我们当中……"接着，他将着自己的山羊胡，继续说道："坦白地说，我们也想从安拉教会你的东西中，得到些启发。"

事实上，我通常在阿卜杜拉·谢里夫清真寺做礼拜，这里比拉姆勒清真寺离我更近……然后我再从那里爬上布哈莱勒山顶，在那里进行晨练。我和他说晨练，是因为我每天要锻炼四个小时。早晨锻炼两个小时，傍晚锻炼两个小时。有时候锻炼的时间更长。

"这正是我们想要跟你学的……武术。安拉祝福你，天啊你是这方面的专家。"他一边说，一边赞赏地轻轻拍了拍我的肩膀。

"非常乐意。你们想什么时候开始练习？"

"如果你愿意的话，明天就开始吧……我们都准备好了……清晨我们一起去做礼拜，我们信赖安拉。"

"我在清真寺门口等你们。"

"一言为定……安拉保佑你……再见。"

他热情地和我握了握手，然后快步离开了。

第二天晨礼过后，胡赛因把新来的四名青年介绍给我认识，随后我们一起爬上了布哈莱勒山顶。穆罕默德·哈米斯的队伍在五十年代末，对瓦赞市进行历史性访问时，就是在这块场地上，上了中国武术基本功的第一课。他们十分开心地服从指导，平生中第一次学习站姿，学习如何迈步，如何自我防卫，如何准确出拳和踢脚。我回想起第一次学习这些基本功的情景。当时教我的是一位说法语的比利时籍老师。他注意到我对其他学生和老师的行为举止有些粗鲁，便建议我练习武术。他说武术是一种非常好的体育运动，可以修正行为，增强体魄，提升自信心。我告诉他，这座城市里没有类似这样运动的俱乐部，即便是找到这样的俱乐部，我也没有物质条件去参加，于是他让我每天早晨六点钟，去他位于阿迪尔街区的家中找他。他说他已经获得了黑带，达到了空手道运动中的二段级别。他会教我一些基本功。

我们每天都会来到希迪·艾哈麦德·夏希德，在位于布吉克里监狱附近的一片繁茂的橄榄树下练习。就像任何一对师徒一样，他在地上给我画出步法移动的轨迹，告诉我他应该如何站立和应对我的趾尖。当我催他教我一些新动作，渴望学习一局格斗中的所有诀窍和技术时，他就会说："在武术中，如同所有艺术一样，如果你想成功，切忌跨越某些阶段，在任何领域的发展都必须循序渐进。"

一开始，我以为他对我这样说，是不想让我学会他掌握的所有手艺，或者是怕我学会的一些东西会对我自己或其他人产生危险。然而随着时间的推移，我明白了，所有没有建立在正确的基础上的楼宇，都会坍塌，而武术应该先学习基本功，否则就会变成我们放在任何人手中的危险武器……得到这位老师如此不倦的教导，我是多么幸福和自豪啊。

结束练习后，我们从山顶返回，我和几个新伙伴一边下山，一边亲密地聊天，说到体育、宗教和未来。我们彼此间越来越熟悉，关系越来越好。他们人都非常好，于是我们不停会面，我们的目标宏大，而且愿景都很一致。每一天，我都会发现他们学习的愿望变得更加强烈，更加迫切。他们从想学习打拳到想掌握剑法。如果我让他们用膝盖爬上山顶，他们也会照做……我们是一群具有充沛的精力和可怕意志的青年。

有一天，他们温柔地和我说："如果安拉愿意的话，明天我们想出去拜访一些兄弟，我们希望你能和我们一起去……我们曾和他们说起过你，他们很想认识你……"我非常主动而且认真地回答："没问题。"

第二天早晨，我们集合了……他们每个人都背上了装备，有水和速冻食品。路途很远，要穿过崎岖的山路和难走的丛林，必须要十分小心。中午，我们到达一片田地，四周被茂盛的罗勒和鸢尾花做的篱笆墙围了起来。我们看到田地中央有一座用石头、灰泥和麦秸建成的房子，三个留胡子的男人正站在房子门口等待我们。他们满面含笑、热情友好地对我们表示欢迎，给了每个人一个拥抱。其中一个人胡子浓密，浓黑的胡须已经遮住了脖子和大部分胸部。他让另外两个人给我们铺开草席，为了让我们在穿着软底鞋长途跋涉之后，能够在草席上稍作休息。于是我知道了他是这座房子的主人。我在这没有看到女人和孩子。我想问问胡赛因，但我担心他误会我的意思。于是我没有说话。他们脱下了鞋，面对面坐在草席上。我没有和他们一起坐在草席上，因为我不想在他们面前脱鞋。我的袜子很臭，而且上面有很多洞。

过了不一会儿，其中一个人就站了起来，那个浓胡子的人让他宣告晌礼。

他的宣礼很好听，声音很悦耳。宣礼结束时，所有人都站起来，在距草席不远的水井处重新做小净。我蹲在我的位置上，在心里思考此行的目的……我很难不同他们一起做礼拜，于是我站在水井旁边，开始小净，再和他们一起坐在草席上……我不知道为什么，每当我发现自己成为追随者或者顺从别人时，会感到很生气。

随后我们开始吃午餐。房子的主人为了迎接我们，专门准备了一塔吉锅食物，是用甘蔗油和辣椒油做的。我们喝的是井里打出的水，喝得很解渴。我们聚拢在一起，谈论的是宗教、圣战、善行、禁止不承认教义和一些其他话题……我感觉我是第一个关注这些聊天内容的人。几个世纪的洞察经验告诉我，他们是在为下一个阶段的行动做准备，而我只是这个日益聚拢和强大的团体所附属的一块土坯而已……于是我满心牢骚，我在不知情的情况下，参与了一个团体，这个团体为了接下来的政治预期和意图，用宗教麻痹了我。我往往是反对意识形态的，因为它并不足够清楚，无从确定它的源头是什么。每个加入某个团体的人，都意味着接受了要在神秘的隧道里行走。我并不准备将自己当成别人指令的抵押品，被其他人利用。因此，我在被他们的蜘蛛网紧紧包围之前，鼓起了所有勇气，找出各种借口远离他们。

如今，我很疑惑，我有时和那些兄弟们一起走的道路，看在安拉面上是纯粹清白的吗？还是说我们所有人只是皮影戏中的影人，某个未知的一方在操纵我们的绳线，准备把我们当成定时炸弹，就像震惊今天的达尔贝达的爆炸袭击一样？

我漫不经心地吸着烟，注视着天花板，观看我那深邃可怕的记忆深处的过往，突然我注意到一个小男孩跑向另一条人行道，于是我情不自禁地大喊到："小心……小心。"然而时间还是没有来得及。小男孩撞到了出租车的左侧，这辆车当时正缓速驶来，司机正在向咖啡馆的岸边看，似乎是在寻找一位和他约好时间的乘客。

小男孩的父亲赶来了……人群围拢了过来……可是他已经没有机会教导小男孩如何小心，避免致命的事故，现在来了还有什么意义呢？对于意外事故，应该为防止其发生，事先有所防范，而一旦发生，就成了既定事实，灾难的产生已无法避免。我把烟头在烟灰缸里用力按了按，起身离开了咖啡馆，心里又徒增了一些烦闷。

第十二章

　　这天傍晚，我和法蒂玛约好了见面，我靠在电线杆旁等她，以便用电线杆来支撑住我的战抖。我的朋友穆斯塔法有一天对我说："在摩洛哥，人们站着的时候，会在身边找一个物体靠在上面，以支撑他们摇摆的身体。如果找不到可以支撑的物体，他们就希望找到一堵墙。"我对面是一个水果摊，阿兹尤兹的前妻正站在水果摊老板旁边，搔首弄姿地和他说话……水果摊老板坐在马车后面的空木箱上，车上装满了香蕉、苹果和柠檬。我无法描述这个男人的表情，也无法解读其中的含义，然而勇者是更愿意分享他们的直觉的。性是一种享受，可以腾空心中的烦闷、恼怒和困苦。因此，我能轻而易举地猜测出，水果商此刻与女人想法一致，都想私通一番，而他要大胆地引导她走向他的床边。水果商不知说了一句什么话，女人突然狂笑起来，然后趁人不注意拿了一根香蕉，才止住笑声。她剥了皮啃一口嚼一嚼便咽下去，一边不停地说笑。我母亲如果看见我是这样一副贪吃的模样，一定会说："不要这样，慢一点……安拉把你的那份留出来了。"于是我发现自己在心里暗骂这个女人。

男人没说话，也没有阻止她，只是觊觎着她丰满的臀部……女人又看了一眼苹果。用手摸了摸其中一个，问他多少钱？她选了一个大个、新鲜的苹果，用手擦干净，然后用她钳子一样的牙齿啃了起来，之后转向身后的商铺……迈着碎步走向理发馆……理发师也同她彼此认识，所以对她的行为举止并不感到惊讶。她一边哈哈笑着说话，一边在洗脸池里洗苹果，然后走了出去，可怜的苹果被她咬得如狗啃一般，祈求安拉的怜悯……

阿兹尤兹给我讲过，他在同这个女人离婚之前，已经被她的性欲打败了。她是一个对性爱无法满足的女人。阿兹尤兹对我说："兄弟啊，她每天夜里……每天夜里……真讨厌，她都无法满足。"他说话的腔调和新鲜的内容，让我爆笑起来，于是他向我强调说："诚实的安拉，我可没对你撒谎，我的兄弟啊麦哈朱卜……有一天夜里，我拒绝和她做爱，于是她坐起来哭了……你能理解吗？天啊，她在那里痛哭流涕……"每次她都对我说："阿兹尤兹……亲爱的阿兹尤兹……你去睡觉了，却留下我在这遭受折磨……你……"

"只有遂了她的愿之后，才会去休息。"于是他继续告诉我说："这是安拉降临给我的灾难啊。"

我只能看见水果摊老板的后脑壳，他看着女人吃他的口粮，既没有阻止她，也没有向她索要补偿……然而我猜他此刻正在心里对她说："吃吧，你这只母猪，清算的时刻总会来的……"

女人朝他挤眉弄眼，仿佛和他约好了再见似的，然后继续按她的道路向前走……

离我和法蒂玛约定的时间，只剩下几分钟了。我们约好了四点钟在水果摊对面见面。

在遭受猛烈撞击之前的一瞬间，我们选择了继续前行，当我们遭遇挫败时，我们选择了毁灭……很遗憾，总有一些人会让我们有所依赖，期待同我们一起逃生。等待是一件更可怕的事。

法蒂玛迟到了一小会……我感觉浓雾遮挡了视线，使人们的脸庞暗淡下来。如此等待的时间，总是很沉重，让我的胸部像窒息小鸟的肺部一样狭窄，透不过气来。我感到自己在流汗，皮肤黏黏糊糊的，由此反映出我的内心是很嫌弃自己目前所处的这种迷茫窘境的。

我并不喜欢法蒂玛。我不知道她对我的真实感情如何，我也没兴趣了解她的任何情况。现在我关心的是她可以打发时间，驱赶悲伤……或许她也是这么想的。仅仅是为了填补空虚……空虚因苦闷而生，单调乏味燃旺了空虚的火炭。如果不是这样的话，她就会拒绝同我见面……直到我被她迷惑住，她才肯罢休。她想要和我做爱，就要为自己的欲望承担责任。她第一次来找我的时候，我是在自己家里等她。她大口喘息着。可是呼吸的方式很奇怪，就像是为了让火燃旺，在炉灶旁吹气一样。

我剥去了她破旧的包头巾。她向我要了一杯水，一边坐着一边凝视着天花板……我以为她会因受到惊吓倒在地上……有些女人，你刚一抚摩她，她就会出神地恍惚起来……早些时候我就已经发现，女人的状态千奇百怪，并不是只有一种状

104

态……有些女人伤心时，会阵发性地失声痛哭……因此，当我抚摩法蒂玛时，她打我的手并哈哈大笑起来，我一点也不感到惊讶……她的状态与众不同。我对自己说……她是那种抚摩可以使她胳肢痒，做爱可以让她笑出声，亲吻可以让她昏过去的女人。起初，我没有发现她是这种状态，但我感觉她和别人不一样。我开玩笑地对她说："我是和一个女人，还是和一个被甩到床上的肉球做爱呢？"她差点笑背过气，一面引诱我到她身边来。然而她吸引我的地方是，她并不是个忧郁的人，她的性格很活泼而且心胸开阔。按她的方式做起爱来，我们并不是很和谐……我亲近过很特别的女人……非常特别……然而这种类型的女人，就像撒出的海绵面团，等着你把这些分散的面粉团捏拢在一起，而这只适合于满足欲望，把想象变成现实。有点像把省略号的小圆圈填满的状态。

载着法蒂玛的出租车在我身边停了下来……它后面的汽车司机并没有注意到这突如其来的停车。砰……真是布满阴云的一天，玻璃碎片洒了一地……安拉会赐给我们一个好结局的。

第十三章

这天夜里，我母亲去世了……她持续发烧，说了好几个小时的胡话……我本打算把她送到医院，可她睁开眼睛，举起手指，看着我的脸，用虚弱的声音对我说：

"不用了，我的孩子……别管我了，安拉喜爱你，就让我死在家里吧。"母亲说完没一会儿，就咽了气，去见安拉了。母亲的过世切断了我系在生命上的最后一根树干……阿卜杜·阿齐兹从萨雷赶来了，这个被我当成此生中唯一大哥的人，行使了他吊唁和继承遗产的权利。他用一张纸卖掉了房子，说这是他和母亲之间的出卖合同，以换取他每月初拿给母亲的钱……两年前我从法国回来时，借给他一笔钱，他如今矢口否认，而这笔金额并不是个小数目。我姐姐离开了家，跟着一家亲戚定居到了达尔贝达。似乎他们把她带走的原因是他们家迫切需要找一个用人，而当我们如同墙壁上脱落的铁片，掉落在人行道上时，她正急需找到一个栖身之地。

那种困苦不堪的日子，我过了两年。如今，我只是深谷中的一个掘墓人。我只不过是一个被中伤者挫伤自尊心的流浪汉，并不拒绝在砖坯与水之间播撒出彷徨的种子。

我需要用我的野心来征服虚妄。我饮下汗水多余的盐分，来缝补我的道路，用微笑来隐藏眼中的黑烟……我看到山顶上的太阳正射出光芒，呼唤着我。昨天，我还只是一个牵引丝线的小男孩，用膝盖在我家低矮墙壁的周围爬行。还是一个热爱牧场和河流，在奔跑者、小绵羊和各种家畜后面追逐奔跑的孩子……

河里的鱼儿是我的好朋友，它们喜欢同我嬉戏。鱼儿们嘲笑我的手指太小，每次只能抓住剩余的水和空气。

我每次摘覆盆子的果实时，都会被上面的倒钩刺划伤。只有好心的母牛会慷慨地把它的乳房递给我，让我喝到沉醉，直到我的嘴边挂着流淌的鲜奶，从它身旁恋恋不舍地走开时，母牛才会离开我。

阳光消失了。正午的酷热把太阳光变成了燃烧的火团，把美丽的地平线变成了一片海市蜃景。我的额头渗出畏惧的汗珠，我害怕失去……人的一生转瞬即逝，在感到绝望时，我对自己说：

"我会把光芒留在我的身后，顺从地被扔进虚无的世界中。"

我在地平线上看到了火焰与寂静，几代人源自共同的梦想，也炙烤于同样的烈焰。

就这样，我向冰冷的地面和墙壁投降屈服了。我只是一个可怜的人儿。我的双眼通红发炎，如同燃烧的炭块一般。我经常喝得酩酊大醉。我衣衫褴褛，破旧的衣服发出陈腐的霉臭，连狗都厌恶它……我并不是乞丐，不指望得到任何人的施舍。我只是每晚都会走到大街上，坐在行人过往的角落，如果有的话，我会从褴褛衣衫下面拿出我的什物和塑料瓶及玻璃瓶，里面装满了水、酒和烈性饮料，一饮而尽。然后我沉浸在自己的世界和模式里，独享平日并不喜欢表露出的苦痛。

人们从我面前经过，仿佛喝醉了似的，他们中很少有人注意到我的存在，而注意到我的人中，有少部分人会向我扔来一枚金币或是一根雪茄，就像是牧人高傲地向卑贱的流浪狗投去食物一样。当你摔倒时，倒下的只是你自己，所有人都会对你恶脸相迎。于是你说："我不应该摔倒的。"然而已经为时已晚，你所有的苦恼变成希望找到一个和你处境相似的人，好让他陪伴你踏步走向虚无。

昨晚我是在墓园里过的夜，就在制革馆对面的水井旁边。和我在一起的，是同病相怜的阿兹尤兹。我们喝了很多酒，吸了很多烟。我俩相互做伴。他的母狗名叫"希陶"。不知道当时是几点钟，有两个人拉扯着一个青年人的衣袖，从我们面前经过，第四个人央求那两个人说："安拉保佑你们的父亲，我们刚从澡堂出来，只是想抄近路，穿过墓园回家去而已。"

其中一个人威胁着呵斥说："我的天，你要是不马上滚开，下一个被处理的就是你。"

第四个人低下头，失望又害怕地退了回去。那两个人继续拉着青年往坟墓的方向走，在一座白色的坟墓旁停住了脚步。坟墓映在闪耀的月光下，就像是大理石制成的。我想起一句谚语，说："通奸的人，是在和他自己通奸，要么就是在和他背后的墙壁通奸。"然而无论怎样，坟墓的主人毕竟是逝者……"要记住逝者好的一面。"思考逝者生前是否与别人私通这种问题，似乎并无裨益吧？

那几个人就在离我们不远处，他们中谁也没有察觉到我和阿兹尤兹的存在。需求迫切的人，无论是想要性交，还是想要大便，都不会注意到其他人，直到他的需求得到了解决……坟墓旁边的两个影子消失了，只留下一个人，仍站在那里。我腹部下方的器官开始蠢蠢欲动……变得坚硬，充起血来。不一会儿，一个男人的影子站了起来。他看起来像是在忙着系裤腰带，同时另外一个人的影子又消失了……

他们两个是在轮奸那个刚从澡堂出来的青年，用青年那温暖光滑的屁股发泄欲望……我对阿兹尤兹说："你怎么看？"

他回答我的词语从他的双唇中麻木地掉落下来，就像劲风把熟透的无花果吹落在坚硬的地面上一般：

"我们走吧。"

我感觉自己双膝发软，试图站起来，以摆脱因憋尿而引起的器官变硬。我靠在阿兹尤兹身上，可是他走起路来摇摇晃晃，旁边的"希陶"和我们并排快走起来。希陶已经很熟悉狗一般的人类的生活了，它并没有留意我们在做什么，已经成了我们中的一员，所以它要比一般的母狗更下贱。"像我这样的垃圾，只有大地才能把它拴住，只有流浪狗才能与它相伴。"我这样想。

当我倒在阿兹尤兹身上时，他疼得发出一声惊叫，一边粗口大骂起来，他这样子笑死我了。他的一个蛋蛋肿了。昨天，他走进一家咖啡馆，像往常一样，一口口喝掉其他顾客咖啡杯里剩下的残余饮料，收集其他客人桌上多余的糖块，然后服务员一边痛骂，一边像驱赶野狗一样把他赶了出去。服务员抓住他的脖子，把他扔到了大街上。他吃力地从地上爬起来，试图用自己的方式向服务员报仇。他直接站在咖啡馆对面，在路人面前激怒服务员，掏出他那虚弱的家伙，向自己的右手吐唾沫，开始准备把肉丸子的棍棒放在冰冷的铁丝烤架上，手掌一张一缩，不停地做各种厚脸皮的小动作和打手势。他咬住自己的嘴唇，挤眉弄眼，嘴里喊着"阿"……一些顾客爆笑了起来，另一些不想再多看他一眼，在求安拉保佑，或是说"别无办法，只靠安拉"，而少数一些人在谴责阿兹尤兹，命令他赶紧离开。而服务员则是被咖啡馆老板斥责疏忽大意之后，激动地走出来，以闪电般的速度，一脚飞起，踢中阿兹尤兹的裆部，阿兹尤兹当即用手捂住他的蛋蛋，倒在了地上……他在地上躺了好长时间，因为剧痛，身体扭曲着缩成一团，一边张口漫骂……人们只是在驻足围观。

我手里拿着一塑料瓶掺和着酒的水，嘴对嘴连续喝了三口，便感觉肚子里仿佛燃烧了起来，然后我把剩下的半瓶递给阿兹尤兹。这种酒的味道像火一样。我给阿兹尤兹点了一根烟，让他坐在我旁边。希陶在我前面靠着，它的脸面向前方，屁股对着我。它在发呆。只有安拉知道狗在想什么，如果它会思考的话……墓地里并没有狗的同胞彼此强取豪夺。阿兹尤兹在恢复健康以前，都无法与希陶交合了。我该死的舅舅，要把棕榈做的圆形套子，中间挖个洞，把它套在狗脖子上，才会和母狗性交，以免母狗注意到他时去咬他。他是从狗交配的经验中学会这样做的。而阿兹尤兹在想要的时候，随时都会和希陶交合。他和希陶彼此亲近，不用棕榈套子，也都不会感到不好意思。我开始挑逗希陶，抚摩它的屁股。我看到阿兹尤兹用男人为妻子吃醋的目光逼视着我，于是我停手作罢。我是不会因为一条母狗和别人打架的。我也不会背叛我的朋友阿兹尤兹，我曾与他共尝甘甜，如今我正同他一起分享苦楚。即便他的情妇只是一条母狗。男人应该至少像狗一样，保持高尚、忠诚。

我看到那三个人离开了。从他们的影子里，无法分辨出谁是发起进攻的那个，谁是被鸡奸的那个……阿兹尤兹的疼痛缓解了一些，于是在希陶面前放松了下来，就像幸福的丈夫在妻子的怀抱中放松起来一样，他开始低声哼唱，声音悦耳又忧伤。阿兹尤兹喝醉时，会变得比小猫还温柔。我认识他这样很久了，我猜想，或许正是这一点，让希陶感到很幸福和温暖……

月夜下的墓地，由于死人的沉默，显得有些喧嚣……我和阿兹尤兹坐在井边，回忆我们的童年时光。我们当时还不到十二岁，每个星期五的早晨，我们会不约而同地来这里。当时，阿兹尤兹的母亲去世了，城里人会每周过来一次，祈求安拉对逝者的保佑。我每次都会陪阿兹尤兹一起来，这让他非常开心。我们悄悄地穿过法提哈门的山路，来到布哈莱勒山顶，为阿兹尤兹的母亲和周围的坟墓摘下足够的罗勒枝条，然后下山径直走向墓地。因为阿兹尤兹是《古兰经》诵读者的儿子，所以他可以背记很多《古兰经》章节。那些坟墓其实就像地面上隆起的犁沟，是一个个被堆起来的土堆，然后变硬。我们刚到墓地，就赶快给坟墓洒水，和大人们的做法一模一样，然后在坟墓的四周摆放好几捧罗勒叶，像玫瑰花束那样卷起一捆枝条，放在坟墓的背面。母亲头顶的地方竖着一块用作标识的石头，像用白石灰漆过的墓碑似的，阿兹尤兹会蹲在那里，俨然一个娴熟的诵读人，开始诵读《古兰经》。

我就坐在他旁边，和他一起诵读开端章，接下来他会独自用扣人心弦的声音诵读其他更长的章节，这些章节，我是背不下来的。有一天，在诵读之前，我忘记做小净了。阿兹尤兹在读经，我就在一旁痛哭。孤儿悲伤欲绝，而哭泣是一剂抚平精神伤痛的良药。

阿兹尤兹母亲去世的那天，我看到他站在铁匠的篱笆墙旁，整个人处于十分恍惚、松垮的状态。他当时面色苍白，眼神躲闪，眼睛里透出悲伤的光亮，心底燃起叹息的火焰。他浓密的头发没有梳理过，穿着一条咖啡色的亚麻裤，和一件灰色的羊毛外套，外套褴褛破旧，松松垮垮地穿在身上。他脚上穿的一双黑色塑料鞋，由于不精心擦洗，像建筑工人的鞋子一样，变成了灰色……太阳挑逗着山顶，降落至夜晚的床榻。这里空荡荡的，只有蹲在墓地台阶上的男人，在等待可能会出现在他面前的布施，而送布施的人也有可能因为被撒旦挡住了道路，不会来了。

由于悲痛，他双唇战抖着对我说："我的母亲去世了……我该去哪里呢？"

他话音刚落，就泪眼汪汪地哭了起来。大颗的泪珠如同夏季的雨点一般掉落在地上……他哭得都快要窒息了，于是更加无声地痛哭起来……这种时候，我不知道应该为他做点什么。我自然而然地用右臂搂着他，发现这样可以把他的痛苦和灼痛感转移到我身上，于是我也泪流不止，哽咽着说不出话来……他无数次用袖子拭去眼泪、鼻涕和悲伤，后来我也用他的袖子擦眼泪。

阿兹尤兹的母亲是在这天早晨下葬的，在这样幼小的年纪，他不知道如何才能够接受或者理解，去世意味着永远分离……死去的人，就是死了，无法奢望再看见他，或者和他握手，或者和他聊天。死亡是个绝对的真理，没有逝去的人能够成功回归人世，相应地，死亡就如同人们头脑认知和科学普及的所有道理一样，是个既定事实，无法改变。

这个可怜的人儿并不相信，他的母亲永远离开，永远都不会回来了。

阿兹尤兹情绪稍微平复后，对我说："母亲去世了，我也不想活了……我必须要随她而去……在这个没有了母亲的世上，我也无事可做。我不能回家。家里的一切，都让我嗅到母亲的气息……她曾在家里招待邻居和朋友，纺织羊毛，为我们烹煮食物，给我们猜谜语，教导我们要重视学业，捉住我和邻居的女儿，然后暴揍我一顿……在家里，我可以清楚地看见她的忙碌与安静……家里回荡着她的笑声、她的叹息、她的开心和她的痛苦……回到家里，她美丽的形象就赫然地出现在我面前……母亲是多么美好，安拉是多么满意她啊，母亲的揍打，母亲的怜恤，母亲的吻，母亲的发怒，母亲的温暖，母亲的呵护，母亲的美丽，母亲的谜语，母亲的眼睛，母亲织的布，母亲煮的咖啡，母亲的愿景，母亲的身影……如今，母亲不在了。她离开了，再也不会回来了。那我将回哪儿去呢？没有了母亲的家是阴暗、荒凉的，没有一丝温暖……"

"可这是生命的自然规律，安拉要她过去，就把她带走了。"我对他说的这番话，都是我看到别人在类似场合安慰在世的人时，从他们那里学来的。

他双眼无神地看着我说：

"今天一整天，我都是在市场上度过的，一直在各个理发馆之间徘徊。我出了这家，又进了那家，消失在这，又出现在那……我不想遇见任何人……所有人都会使我想起母亲的过世，母亲贫困的一生，母亲坟前的荒凉和母亲的孤独……当路过草药商贩时，我在一个卖'戴得'植物根茎的女人面前，站了好久，这种植物是可以致命的。一小捧卖几十生丁①……我记得有一个邻居很喜欢烧'戴得'，用它给家里熏香，有天晚上，这邻居的一个女儿对我说，'戴得'有毒，能够致命。很多沙漠里的孩子因为误食了这种植物，就死去了……

"我没有多加思考，也没有片刻犹豫……我手里有五十法郎，是姨妈给我的，为了让我停止哭泣……我买了一捧'戴得'，这样就可以停止哭泣、停止欢笑、结束生命了……我还买了一盒饼干，因为我有一整天没吃东西了……这样我可以就着饼干的味道，一起吞下'戴得'。

"我感到很开心，很轻松，我可以得到救赎，结束生命了……幸福是不畏惧死亡的。我不仅对死亡无所畏惧，并且正在努力走向死亡。因为在河岸的另一边，有母亲在等着我，我是最幸福的人。我精神愉悦地向前走着……目前的问题是母亲的死亡，而能和母亲在一起的秘诀，就在我衣服的口袋里……愿安拉让人们远离没有母亲的生活……母亲养育了你，她深爱

---

① 生丁，法国辅币，一百生丁合一法郎。——译者

着你，为你担忧，为你欢欣，为你悲伤，熬夜等你回家，为你和别人拼命，为你选择新娘……

"我来到饮水池，排在铁匠后面，前面的人还没把手中盛水的皮袋接满。我坐在边上，拿出我的幸福死亡之餐，开始吃起来。我感觉所有这些食物都太美味了。我喝了一点儿水……我来到了这里……就要在这等待死亡。"

我永远都不会忘记，他最后和我说的话："我的兄弟麦哈朱卜啊，我希望你离开这以后，不要把这些告诉任何人。我的父亲是一个善良的信徒，我的自杀可能会让他痛苦终生……我的兄弟啊麦哈朱卜，如果我死了，希望你不要告诉任何人，我是自杀而亡的……"然而他并没有死，他的寿命还长着呢。

因此，每周五我和阿兹尤兹在他母亲的墓前祈求安拉保佑，完成祭扫仪式之后，都会进入把墓地分隔开的地下堑壕，快步在各个坟墓之间穿行而过。我们一路聊着生命与死亡，抬眼看着天空中密布的乌云。直到我们来到水井的地方，坐在井边，高谈阔论起有关水井的传说和我们的小小梦想。水井四周常年围着生锈的金属丝和鸢尾花树，上面挂着衣服的碎片，妇女们通常把自己的衣服撕成布片，把它们挂在金属丝和树枝上，用来祈福和祈求安拉的保佑，希望以此抵御妒忌和毒眼，给她们带来好运、财富和兴旺。然而女人们的愿望，只有安拉才知道。

令我感到好笑的是，在拜谒墓地的过程中，所有经过坟墓的人，特别是小孩和妇女，都会把他们的食指伸进一个脏兮兮的装满污秽之物的容器里，然后从瓶子里取出一点污物，放在自己的鼻尖上，以此用来祈福和求得安拉保佑，和印度已婚妇女在自己额头上点一个红点的做法一模一样。你甚至可以通过他们鼻尖的污秽程度，分辨出哪些人是当天早晨开始祭拜坟墓的。我不知道为什么，当阿兹尤兹把污秽的黑点放在他的鼻尖上时，我会对他嘲笑不止。或许荒谬的事情总是很可笑。

我和阿兹尤兹到这里来，坐在井边的一个重要原因，是因为我们迷信与这口井有关的神话会实现。阿兹尤兹的父亲是《古兰经》的诵读者，尽管双目失明，但他仍然会出席各种集会、宴会和葬礼，因为阿兹尤兹就是父亲的贴身拐杖和观察这个世界的眼睛。由于这个原因，阿兹尤兹对《古兰经》保护人以及他们的习惯、家中的秘密、他们的幽默、迷信传说和见解想法都十分了解……他们中有人听说，这口井里有一枚智慧的戒指，用它可以观察魔鬼，任何一个坐在井边的人，如果可以剥去石榴皮，把石榴籽全部吃下，不让任何一颗石榴籽掉在井外或者里面的话，就可以拿到这枚戒指，从而魔鬼就无法打击他，也无法使他的身体或者头脑受到任何伤害……

因此，很久以来，人们一直希望得到这枚戒指，可他们害怕失败和遭受妖魔的袭击，便只满足于纸上谈兵，不敢做任何尝试。此外，当有至亲的人失踪或者离开时，他们会向井中呼喊，试图让亲人回来。当然，我也希望获得那枚戒指，然而我相信，从经验上来看，能够摘得戒指的人，要么是肢体有缺陷，要么是神志错乱。当时的那段时间，我对手淫过度上瘾，所以身体有些虚弱，我或许会把我自己全部掉进井里，而不是只掉几粒石榴籽的问题……

就这样，我和阿兹尤兹茫然地探讨着我们不可能实现的梦想，无法自拔地一连聊了好几个小时。我经常说："唉，我们要是能够拿到那该死的戒指就好了。"

有一次，阿兹尤兹在一个公共场合上，听到一个身份尊贵的人给家人讲述自己关于这口井的经历，此后阿兹尤兹就更加信服这口井的传说了。那个高贵的人说："二十世纪五十年代初，当反法殖民运动进入高潮时，他的父亲是在非斯城做生意的。有一次他去非斯卖货物，反抗军一方把父亲当作殖民者的爪牙，劫持了他。"那个高贵的人继续说："我们在家里非常担心，由于我们对情况一无所知，不知道他发生了什么，什么事情让他中断了与我们的联系……我们所知道的一切就是他去了非斯，就再也没回来，而且杳无音信，尽管我母亲同他的朋友和熟人一直保持着紧密联系。我的母亲整夜哭泣，真是个可怜的人儿，我也只有通过哭泣来减轻内心的极大担忧，于是我一直哭到天亮……在一个漆黑的夜晚，我的母亲小睡了一会儿，她在梦里看见父亲站在他的货船前面，被全副武装的士兵包围在中间，父亲面色苍白，十分恐惧地回答士兵的提问：

"你是为法国人工作，还是为百货公司服务？快说。"

"天啊，我不服务于他们任何一方，我是瓦赞的贵族，住在达玛纳街区……"

接着，士兵的首领用介于温和和恼怒之间的腔调问父亲：

"你用什么来证明你的话是真的？"

"长官先生，随便你们想要什么，请都拿走吧。"

这时，母亲在梦里听见父亲在呼唤她："真无情，真残忍，我和你的愿望，都在感召万物的安拉那里。"

第二天早晨，母亲把我叫醒。我们当时住在巴夏公馆附近的塞卡夫公馆，于是我陪母亲一起去了坟场，她带着我在不同的坟墓间穿行，而后来到了水井旁。母亲把双手放在井边，头向前倾，直到我松开她，她才把身体探进水井的洞口，然后开始大声呼唤："艾哈迈德先生……艾哈迈德先生……"当我们就要到达"底部"的时候，我们看见父亲的货船正停靠在那里……"

阿兹尤兹一直梦想能拿到戒指，这样他就可以掌控降雨了。他希望下雨的时间和雨量的大小都由他而定，让雨水远离我们漏雨的房屋，那屋顶是无法抵御冰冷的雨水的。阿兹尤兹梦想他家的墙壁上安装有三个水龙头，一个流出鲜奶，另一个流出咖啡，第三个流出茶水，以及一个烤白面包炉。白面包是他最喜爱也是最常吃的早餐，然而他的白面包从来都不充足。他很少能吃饱。他通常吃完早餐再舔舔嘴唇，希望能再多吃些。他还梦想他的父亲可以重见光明，这样他就不用总当父亲的拐杖了。他最讨厌的，就是一直陪在父亲左右，特别是到僧房去仔细听圣餐的谈话。那些僧房通常位于角落，可以俯瞰贵族的房子，所以是不允许任何人爬上去的，只有可以倾听圣餐的失明人士除外。因此通向僧房的台阶总是很狭窄，而且没有光线透射进来，阿兹尤兹就不得不每晚都和父亲一起爬上台阶。这里漆黑一片，让他感到害怕……

我梦想得到那枚戒指，因为希望精灵在布哈莱勒山顶上，为我建造一座宫殿，宫殿里要装满所有美味和有趣的食物、饮料、美人和朋友，印度女星喜玛玛里妮带着她的乐队，来到我面前，为我唱歌跳舞，因为我为她着迷，爱死她的电影了……

我要送给她最新款和最华丽的衣服和首饰，我要带她共度难忘的良宵，我要学习她的语言，好向她表白我对她的热爱和痴迷，我唯一不会考虑的事，就是和她做爱，因为我只需要欣赏她的美貌，歌声的柔和甜美，迷人的眼神，表演时的灵动活泼，跳舞时的体态轻盈优美……我热爱她自身体现出的所有视觉上的美。我感到自己空虚而且可怜，我想，她是唯一能够填补我的空虚、让我感到幸福的人。

既然我所有的愿望都只是白日梦，我做梦时就像任何一个被打垮、受压抑、被压制的人一样，所有的苦恼都集中于腹部和肚脐下方，都关乎颜面、金钱和女人问题。这种白日梦的瘟疫，已经跟随我一生，然而它已经从过去的沉重和继承腐臭遗产中获得了更多自由，如今它把我升入高空，变成风一般的精灵，人类万物都没有管控我的权力，我在陆地、空气和海水中变换迁移，没有颜色，没有触感，没有形状，我只是去制止这个世界上的压迫者和阴谋家们，并希望他们以任何他们愿意的方式，去遵守正义和爱的法则，克己忘我的工作作风，为人类和人道主义服务……

某一个瞬间里，我突然感觉头痛欲裂……回忆是痛苦的，让人苦不堪言……我感觉在发高烧，全身出汗，身体发烫，裤子都湿透了。我是撒尿了吗？阿兹尤兹知道应该如何应对这种生活。他正在打瞌睡，嘴对着母狗的屁股，母狗放出的屁像牙刷一样在他的口腔中旋转，随着他的鼾声一同蒸发了。我把一瓶水倒在自己的头上，或许我的疼痛有所缓解。我又把另外一瓶水倒在了阿兹尤兹的头上，他在睡梦中恐慌地战抖了一下，怒吼一声，像被人触犯了一样，突然跟跄坐起，随即倒下重新打起鼾来。我搜遍衣兜想找一根烟吸，但是只找到一个吸剩下的烟头。我用战抖的手把它放进口中，想点燃它。火柴从我手中掉落到阿兹尤兹沾了酒精的破衣服上，于是大火喷薄而出，希陶开始狂吠……

我的头已经不那么痛了，脑海中的醉意刹那间烟消云散，于是在夜色的掩护下，我悄悄逃到了另外一个地方，在我身后留下一片燃烧的坟场。